1

Florentine Galien attendait dans le courant d'air du quai. Le ballot de linge pesait à son bras. Entre ses doigts se raidissaient les lames de tarot prélevées à la combinaison qu'elle venait d'étaler dans sa chambre. C'étaient le Chariot et le Jugement, rien de moins que ces deux-là. Accouplées, éclatantes, les figures l'avaient jetée dans la certitude d'une évolution radicale de sa situation. Les choses étaient en marche. Elle l'avait annoncé à Hyacinthe.

« Vous n'y pouvez rien. Moi non plus, oncle Hyacinthe. C'est là, regardez les figures, c'est écrit... Les cartes ne se trompent jamais. Il faut suivre, je dois sortir. »

Avant de savoir ce que le sort annonçait, Hyacinthe avait blêmi en trouvant Florentine penchée sur les figures. Hyacinthe Galien ne supportait pas l'idée de ces pratiques divinatoires. Les cartes étaient comme un couteau levé entre sa nièce et lui.

Sans jeter un coup d'œil à ce qu'elle présentait, il avait déclaré :

« Sortir ! Le froid est pire qu'hier ! Il y a des chandelles de glace au Pont-Neuf. »

Elle avait dit qu'elle trouverait un autre chemin. Et quand il avait demandé ce qu'elle comptait faire au cours de cette sortie comme au cours de toutes les autres, régulières, inexpliquées, elle avait répondu :

« Je visite Paris. »

C'était ce qu'elle prétendait toujours. Elle ne se fatiguait pas pour varier le propos. Il n'avait pas osé en demander davantage. Il redoutait surtout qu'à être interrogée avec trop d'insistance, elle ne revienne pas. Hyacinthe Galien était veuf depuis peu. La perspective de ne plus retrouver la présence de sa nièce, gracile et blonde, dans le grand appartement à lambris, au-dessus de la boutique de luxe où les pas réveillaient le silence, le mettait au supplice. Il ne pouvait y penser.

Quelque chose était en marche. Florentine avait troqué ses habits de ville contre une cape sans couleur et ni le vent de l'Arctique incessant sur Paris, ni la course des glaçons qui repoussaient les bateaux contre les rives du fleuve à les faire éclater, ni cette ville paralysée, n'auraient pu l'empêcher de sortir pour honorer les perspectives annoncées par les cartes. C'était son heure. Seulement, avant tout, il lui avait fallu aller prendre le linge chez la vieille Élise, et cela, c'était une expédition pour le moins hasardeuse.

Serrée dans le mantelet noir qui dégageait ses bras gercés par l'eau des lessives, Élise interrogeait de la joue la semelle de son fer à repasser, quand Florentine était entrée dans le sous-sol sombre où, contre le tas de cendre tiède, s'entassaient vêtements et linge de maison. Devant sa table nappée, entre le grand étendage au plafond et les trois fers à la chauffe sur le brasier, Élise trônait dans l'humidité de l'ombre.

Elle livrait ou faisait livrer le linge des particuliers jusque loin de chez elle. Elle avait des clients dans tout le pourtour de la galerie d'Orléans, principalement chez les bourgeois et les commerçants opulents de ce quartier où son travail était apprécié. C'était ainsi, au domicile de son oncle, que Florentine la rencontrait au moins une fois la semaine. Un jour où la blanchisseuse accrochait des rideaux rafraîchis aux fenêtres, toutes deux s'étaient découvert un destin commun d'orphelines et, depuis, une connivence les liait.

Pour autant, ce jour-là, lui exposer sa requête n'avait pas été une mince affaire. La vieille était méfiante et savait raisonner.

« Et pourquoi que tu porterais le linge à ma place chez le peintre du quai ? Qu'est-ce qui t'a germé dans le cerveau, dans ta petite chambre de riche ? C'est pas pour toi, là-haut. »

Florentine avait rétorqué :

« Il est bien éduqué, tu l'as dit. »

Elle avait pris Élise par les épaules. Avec entêtement, avec douceur, elle lui avait chuchoté à l'oreille. Penchée sur les mèches moites qui dépassaient du bonnet, elle l'avait secouée lentement, de droite et de gauche. On aurait dit qu'elle voulait l'endormir.

« Fais-le, fais-le pour moi. Tu peux le faire, aide-moi, Élise... »

Derrière la délicatesse enveloppante des gestes, Élise avait entendu la voix se casser et senti le jeune corps frémir près du sien. Elle avait pensé à d'autres moments, à d'autres soupirs, à ces frayeurs d'où elle avait déjà tiré Florentine à l'insu de tous. Elle avait dit :

« Bon... Tu vas monter ce ballot, mais ce client-là, attention, je tiens pas à le perdre ! Il paie, mais il paie pas pour rien... Tu diras que j'ai mis double d'empois pour empeser les plastrons. Qu'ils sont blancs comme la nacre. S'il veut vérifier, tu ouvres la housse. Tu tires sur le cordon et tu sors le linge pour montrer le travail, tu m'as comprise ? »

Florentine avait promis. Elle était à pied d'œuvre. Autour d'elle, le vent glacé au ras de l'eau faisait s'entrechoquer les coques des bateaux à l'arrêt. Elle entendait leur heurt sourd dans le vide du quai. À proximité, les passants emmitouflés filaient sans rien voir. Elle seule restait là, droite entre les bords de son vêtement relevé, les yeux sur la verrière figée dans la buée de froid. On lui avait rapporté qu'à certaines heures il faisait là-haut une chaleur presque insupportable, qu'il s'y cultivait une atmosphère de serre. Était-ce le cas même par ces grands froids ? Elle n'allait pas tarder à s'en rendre compte.

Tandis qu'elle réfléchissait, une rafale de vent la cingla. Elle se décida à avancer. En passant sous la porte cochère, un bourdonnement lui battit les tempes. L'escalier était majestueux et large, c'était le genre de construction aux marches bien dessinées qui ralentissent le pas et arrêtent les pensées du visiteur. Au coup de heurtoir à l'étage répondit un silence. Elle eut tout juste le temps de regretter la mission utilitaire qui lui permettait d'aller au bout de sa démarche, chercha le cordon de sonnette et tira dessus.

Presque aussitôt la porte s'ouvrit sur un glissement. L'homme semblait plus mince et de plus petite taille que dans la foule de la rue, mais peut-être était-ce un effet de ce qui l'entourait.

« Ah… le linge, dit-il, reconnaissant la forme du ballot. Je l'attendais… »

Derrière lui la salle, immense, lumineuse, remplie d'un contenu luxuriant et dense, ne paraissait pas être à l'équerre. Florentine ne savait pourquoi lui venait cette expression de Hyacinthe – être à l'équerre –. Il semblait que selon la manière dont on observait l'endroit, peut-être aussi selon ce qu'on en attendait, il devait se présenter comme envoûtant ou féroce.

Impressionnée, elle annonça :

« Il y a du retard, monsieur, toutes nos excuses. C'est ce temps. Les chemises ont été longues à sécher, surtout les plastrons. Élise leur a donné deux tours d'empois. Si Monsieur veut voir… »

Il arrêta son geste. Il avait l'air pressé, préoccupé d'autre chose. Elle acheva :

« Élise est malade. Le froid lui est tombé dessus. »

Il la remercia sans la voir, prit le ballot, alla chercher un sou, le lui mit dans la main, traversa la salle pour reprendre ses préparations. Un chat tigré jaillit, régla son pas sur le sien et s'allongea à ses pieds. Elle savait que ce serait tout. La situation indiquait qu'elle n'était rien, mais la question n'était pas là. Elle n'avait pas à tenir compte de la situation. Ce qui importait, c'était la mission affinée des mois durant dans sa tête, et dont les lames, avec l'apparition du Chariot et du Jugement, venaient de signifier la mise en oeuvre. C'était cette connaissance secrète qu'elle avait de l'homme. Semaine après semaine, cette manière qu'elle avait eue de le suivre à distance, les jupes relevées haut pour s'accorder à son pas rapide dans le charroi des rues. Malgré l'ardeur qu'elle y avait mise, cette surveillance ne lui avait pas appris beaucoup plus que ce que disait la rumeur à son sujet, l'impétuosité et l'élégance. Une élégance pointilleuse, irréelle comme une illusion qu'on s'offre à soi-même pour compenser les injustices et les frustrations d'une vie d'austérité forcée.

L'intimité ne changeait rien, c'était la même allure, la même présence altière. Bel homme, traits de prince, cheveux noirs bouffants et, à l'instant où il les avait levés sur le ballot de linge, des yeux de félin aux aguets.

Elle entrouvrit la pèlerine, car la chaleur en effet était étouffante, et tenta de s'assurer intérieurement. Ses phrases avaient été préparées. Elle ne pouvait buter sur les mots, mais l'appréhension qui l'avait gagnée sous la porte cochère s'amplifiait, lui coupait la respiration. Elle faillit renoncer. Puis elle dit :

« Je dois signaler à Monsieur que je suis à l'aise pour tenir un ménage. Frotter le sol. Décrotter les bottes, apprêter les vêtements. Et, si un Auvergnat montait l'eau aux étages, m'occuper aussi du petit linge. Je suis endurante au travail. »

Il ne répondit pas. Il n'y avait rien à répondre. Penché sur le gros coffre encombré de matériel, il broyait une vessie de jaune de chrome qu'il avait omis de préparer plus tôt, ce qui lui causait du retard et le mettait d'humeur irritable. Jamais on ne l'abordait de cette manière. Les propos étaient incongrus, le souffle un peu haletant, mais la voix filtrée, bien placée, légère, emportait. La voix faisait naître des images de prairies et d'eaux libres, et il ne venait pas à l'esprit de l'interrompre.

Elle fit trois pas vers lui.

« Je peux aussi préparer du café. »

Pour la première fois depuis l'entrée de la visiteuse, il leva les yeux sur elle et une douleur aiguë, un ancien et très profond émoi lui fondirent dessus avec violence. Il revit la chambre, le ton passé du papier au mur, le cahier couvert de dessins posé sur le lit et, s'encadrant dans la porte, il vit un visage aux traits si mobiles qu'on ne parvenait pas à les retenir. Son sang s'accéléra, ses mains ne sentaient plus le contact du pilon, il se tachait les doigts, la poudre s'éparpillait, lui tombait sur le poignet.

« Si c'était pour commencer cette fin de semaine, il faudrait que Monsieur me confie une clé. Ou bien qu'il me fixe une cachette pour quand il sera de sortie.

– Commencer cette fin de semaine ? »

De saisissement, il lâcha la vessie vide, attrapa un chiffon pour s'essuyer les mains. Il considérait cette blondeur sortie du brouillard. Les petits souliers éclaboussés de boue. Les lèvres d'enfant, les longs yeux bleu-gris, les cheveux nus à peine serrés dans le cou. Rien dans son aspect, ni la pèlerine de drap sombre, ni les mitaines noires d'où dépassaient les doigts rougis de froid n'offraient d'indice sur la condition de la livreuse. Quel âge ? Une vingtaine d'années, guère plus. Elle voulait savoir la cache de la clé pour venir chasser les poussières. Elles étaient tant à la connaître. Tant d'occasionnelles, impudiques ou discrètes, mates ou blondes comme celle-ci, qui déposaient la clé après s'être prêtées sans réserve à ce qu'il exigeait d'elles. Celle-ci n'avait pas été convoquée, mais il l'examinait et plus il l'examinait, plus il jugeait sa présence insolite, comme si elle avait surgi de sa fatigue ou des vapeurs de térébenthine en suspens dans la salle. Elle se serait évanouie devant les plis de la portière qu'il n'en aurait pas été surpris outre mesure.

L'idée lui revint qu'il avait parlé de la cache de la clé à Élise. Celle-là, la vieille Élise du bateau-lavoir, il la considérait comme un chef de guerre respectable, ayant résisté avec intelligence à la misère et à l'infirmité, et menant de main de maître sa petite brigade de lavandières. Chaque fois qu'il pensait à elle, il la voyait auréolée d'un éclat sauvage de reine de la rue. Par égard envers Élise, il se sentit tenu de répondre.

« Les modèles savent où est la clé, dit-il sèchement. Quand ils la trouvent, c'est que je suis occupé. Ils attendent. Élise sait aussi, mais elle est discrète. Chacun garde sa langue. Les parasites d'atelier exceptés. Il arrive qu'il en passe ici. C'est la loi du genre. Il faut…

– Surveiller ? »

Il jugea qu'elle était rapide, corrigea :

« Il faut se protéger ! Soi et le travail. Tout ce qui se croise dans les ateliers, marchands, curieux, illuminés, tout ça voit les lieux comme des arènes de cirque. Et nous, comme des équilibristes accrochés à nos trapèzes volants. C'est risqué, c'est du spectacle gratuit. Certains le donnent à volonté. Moi, je refuse ces capharnaüms. »

Il conclut en haussant les épaules :

« Quant à l'entretien de cette salle, il y a une bonne qui passe. Elle a l'habitude. Il n'est pas question de servante.

– Je comprends. Moi, mon nom est Florentine. Florentine Victorine Marie Galien. »

Elle avait sorti une feuille de papier de sa poche. Elle inscrivit dessus son nom avec tous les prénoms et la lui tendit. Saisi par la rapidité, surpris qu'elle sût écrire, surpris par le ton et plus encore par son aisance à évoluer au milieu des toiles immenses dont les élans venaient à elle sans paraître l'ébranler, il prit la feuille. Elle devait s'être préparée à la visite.

L'impression première n'en était pas une, il l'aurait juré.

Au reste, l'heure n'était pas aux palabres. Il y avait dans la salle une brassée de toiles à achever pour le Salon du Grand Louvre. Depuis des semaines il se levait avec le jour, peignait sept heures d'affilée, se nourrissait peu ou mal, ne lâchait la brosse que pour se laisser choir sur le fauteuil, juger de l'effet d'ensemble et voir, à son habitude, si le ton clé ne souffrait pas du déferlement des couleurs. Les prévisions étaient tenues, il était satisfait de l'ensemble. Mais rien ne garantissait pour autant que les toiles fussent acceptées. Les quarante du jury traînaient encore pour donner leur date. C'était leur stratégie habituelle et, face à ce mutisme, il fallait faire profil bas, s'évanouir avec les projets en cours. En aucun cas, ne laisser filtrer les idées à l'extérieur.

Dans de telles conditions, laisser une inconnue tourner dans le chantier n'était certes pas une trouvaille.

Évidemment, évidemment, il y avait un moment qu'il se le répétait. Et tout autant, et en même temps, l'idée d'un vrai service lui tournait autour, le ramenait à l'argenterie frottée, aux cristaux brillants, au salon tenu de son enfance. Il s'entendit demander :

« Avez-vous déjà été employée ?

– Moi ? »

Elle tressaillit à la question. Elle avait bien entendu. Il ne tutoyait pas les domestiques. Pourquoi ? C'était bizarre. Elle était surprise par le vouvoiement, et même un peu effrayée.

« J'ai été placée trois ans femme de chambre chez le baron de Chanfreneuse en Normandie, dit-elle.

– Vous avez donc quitté la place.

– Pour venir à Paris.

– Avec un dessein précis ?

– Chacun a sa raison, monsieur.

– Débarquer à l'aventure à Paris est dangereux. La racaille court librement, ici. Où habitez-vous ?

– Dans un galetas tout près, avec une camarade qui a trouvé de l'embauche au bateau-lavoir.

– Pourquoi n'avoir pas été voir vous aussi au bateau-lavoir ? »

Elle mit son regard bleu-gris dans le sien, le laissa. Il eut le sentiment d'être examiné crûment et sans indulgence. Il rendit le regard.

« Je préfère travailler seule. »

Elle avait une expression ferme, presque autoritaire, quoique le ton fût respectueux. De la cape entrouverte sur le long cou émanait un effluve de personne soignée. C'était très différent des relents incommodants laissés par la bonne chaque fois qu'elle venait fourbir à l'atelier.

« Vous trouverez par ici, dit-il. Voyez à la passerelle. Demandez. Le quartier est vivant et très habité. »

Elle secoua la tête et, comme on avance un dernier pion sur l'échiquier quand on juge que la partie n'est pas encore perdue, elle lança :

« J'aime aussi entretenir les vêtements du soir. Le satin des rabats, les velours ras… je sais, j'aime le faire. »

Elle espérait encore. Le filet d'huile versé dans le mortier commençait à fluidifier les pigments. Les gestes du peintre se faisaient plus lents sur le travail. Il pensait à la voix de la visiteuse, à la blancheur de sa peau. Levant la tête, il vit qu'elle resserrait les liens de la cape autour de son cou. Il attrapa le sac posé au pied du coffre, le lui tendit.

« Ne l'oubliez pas. Un atelier ne souffre pas le désordre. Je suis intraitable avec tout ce qui traîne ici. »

Tout était dit. Il se faisait autour d'elle un vide que l'espace surchargé ne remplissait pas, mais creusait au contraire et, de seconde en seconde, changeait en gouffre. Les cadres dorés à terre, les toiles, les gravures, les ébauches, le grand portrait de tigre au mur, dans un accès d'affolement s'avançaient vers elle, unis pour la repousser au bord de ce puits sans fond. Mais alors et à l'instant, une riposte se manifesta. Au rythme de son désarroi et de ses battements de cœur accélérés, une force se mit en marche, une lueur la traversa, et s'imposèrent l'éclat et la tiédeur d'un objet qu'elle n'avait jamais vu, qui scintillait. Elle prit son souffle avant de se jeter dans la fosse.

« Pour la femme assise, il faudra que Monsieur lui mette un bracelet d'or.

– La femme assise ? »

Elle le regardait, les sourcils haussés, forte, grandie, sûre de ce qu'elle avançait, plus lumineuse encore.

« Sur le tapis. »

Il eut la sensation étrange que les mots sortaient de ses propres lèvres. Cela faisait des mois qu'il promenait cette chimère dans sa tête. Que secrètement il cultivait l'idée de la femme assise sur le tapis, sous le rideau levé, dans la petite chambre tiède. Qu'il dormait avec la femme assise, qu'il palpitait avec la femme assise et ses compagnes. Hormis quelques notations de tons, des repères rapides, il n'y avait pas à l'atelier de véritable esquisse sur le sujet, rien de consistant nulle part. Rien. Mais la femme assise de son imagination, en effet, portait à sa cheville nue un bracelet d'or.

Emporté par le courant, incapable de l'arrêter puisqu'il provenait de son propre tableau, et d'une certaine manière terrassé, forcé, happé par ce qui cherchait à l'atteindre et qu'il ne pouvait identifier, il lâcha :

« La clé est là-bas… derrière la porte, sous la plinthe. Il suffit de passer la main. »

2

Elle revint le lendemain. Il était absent. Elle prit la clé derrière la plinthe, entra, mit de côté son sac et le lourd broc d'eau qu'elle avait monté et commença à arpenter la salle.

Rapidement comme la veille, le chat s'approcha, ouvrit sur elle des yeux de métal bleu et disparut. Il faisait chaud. Les toiles étaient plongées dans la torpeur. Elle ne les regardait pas. Elle imaginait les premières lueurs du matin posées sur les préparations. Les fluides, les vernis, le brillant des résines fondues, les pâtes malaxées dans les vapeurs enivrantes de térébenthine. Il lui semblait, en avançant, entendre des soupirs, des murmures. Elle comprenait qu'il lui fallait marcher avec précaution pour ne pas rompre le faux silence de l'atelier. Elle sentit qu'elle aurait pu juste saisir un fil invisible et provoquer une cacophonie à en ébranler la maison. Mais il ne fallait pas encore tirer sur ce fil. C'était bien que d'être là à contempler, sans oser y poser la main, les pots, les boîtes, les bouteilles, le portefeuille d'estampes grand ouvert. Il fallait s'en contenter. Le reste viendrait plus tard.

« Voilà. J'y suis », dit-elle tout haut pour clarifier la situation, ce qui ne fit que la compliquer, car elle ne reconnut plus sa voix. L'ampleur de la salle en changeait le son.

Elle eut l'impression d'être observée. Elle se retourna vers une petite porte frottée d'un enduit brun, piquée de gros clous de ferronnerie rouillés. Tandis que les tableaux aux murs se rejoignaient et semblaient vouloir se chevaucher, la porte distendait l'espace et s'imposait avec arrogance.

C'était un mirage que cette interruption dans l'alignement des toiles. Elle se le répétait avec vigueur, mais des tressaillements nerveux la parcouraient.

La porte devenait obsédante. Florentine céda, l'ouvrit. Le battant se détendit avec un soupir qu'elle crut reconnaître et elle se retrouva dans l'obscurité d'un réduit. Haletante, l'oreille tendue aux craquements du bois, elle s'efforçait de raisonner. Elle n'avait pas à entrer là-dedans. Rien, aucune autorité ne pouvait l'atteindre dans ces circonstances, puisqu'elle portait un projet de première importance et que l'atelier, le vaste atelier connu et cité dans toute la ville, l'avait accueillie à son arrivée. En aucun cas l'ordre monté du fond de son enfance ne pouvait la rejoindre ici.

Le temps étirait son flux sombre, tandis que l'obscurité devenait moins opaque. Le réduit n'était pas un piège béant, c'était une réserve d'objets de voyage. Il y avait des sabres, des étoffes, des tapis roulés, une selle de cuir, suspendus et rangés en bon ordre. À terre trônait une grande malle en bois de cèdre.

Elle hésita un peu, à peine, défit la sangle qui la fermait, souleva le couvercle doublé d'étoffe satinée. Une bouffée d'odeur lui monta au visage, un parfum mêlé d'ambre gris, de jasmin et de fleur d'oranger, peut-être aussi de bois de cèdre. Arc-boutée au-dessus du contenu, baignée par les vagues de senteur délicieuse et peu à peu s'émancipant, peu à peu se libérant de l'ankylose de la peur, Florentine brassait à pleines mains ce qui se présentait, sans chercher à savoir où la menait l'exploration.

Levant les yeux, elle vit que la cloison du réduit était percée d'une lucarne. Derrière se dressait le plus grand des chevalets de la salle. C'était l'exact emplacement du chevalet que découpait ce fenestron, par où passait un rai de lumière pâle. Et lui, le peintre, devait s'encadrer là au plus brûlant du travail, non pas altier et froid comme il s'était montré la veille, mais hors d'haleine, éperdu dans la course folle qu'il menait derrière ses créatures. La coïncidence était merveilleuse. La coïncidence l'intéressait. Qui s'en était aperçu ? Personne à coup sûr, mais elle, avec ce sens de guetteuse, de guetteuse et de maraudeuse qu'elle avait toujours eu, qu'on avait essayé par tous les moyens de lui faire perdre, elle était tombée dessus. Les cartes avaient prédit ce genre d'événement. Il y en aurait d'autres.

Les mains appuyées sur la vitre poussiéreuse, elle regardait à travers l'ouverture qui la propulsait au centre vivant de l'atelier. Bon, pensa-t-elle. Je vais aérer la salle, battre le fauteuil, gratter les écailles de couleurs qui se collent partout. Je laverai le sol sans soulever de poussière sur les tableaux. Je saurai. Et je reviendrai, je recommencerai. La bonne n'aura plus qu'à laisser le champ libre. Le reste suivra.

« J'aime entretenir les redingotes du soir, monsieur, les rabats, les satins… »

Retrouver le ton qu'elle avait eu pour convaincre le peintre la fit sourire.

Elle sortit du réduit. La porte claqua. De toutes parts l'atelier réclamait des soins. Elle ouvrit son sac, sortit des chiffons propres ainsi qu'un bonnet pour couvrir ses cheveux, se vit méconnaissable dans le bout de miroir pendu au mur, ce qui ne lui déplut pas, retroussa ses jupes et, à genoux, entama sa tâche.

Ensuite, il lui faudrait exposer l'unique tapis à l'air et refermer rapidement la fenêtre sur les relents montés de la rue.

Elle observait, décidait, fourgonnait, reculait pour juger du résultat, se grisait de voir que sa trace à présent était partout, que rien ne se présentait plus comme elle l'avait trouvé. La sueur lui coulait sous les cheveux, entre les seins, et cette chaleur intime lui donnait du plaisir. Jusqu'à nouvel ordre, rien n'existerait plus dans son esprit que le souci d'étriller l'atelier comme personne, jamais, n'avait dû y parvenir jusque-là.

*

* *

Finalement, il avait pris l'omnibus. Lui si féru de la marche qui lui redonnait force après les crampes du travail, il s'y était résolu, tant le souci de regagner l'atelier au plus vite l'obsédait. Dans le bureau d'éditeur du Palais-Royal, la pensée de la livreuse, de sa voix, du contenu de sa prophétie ne l'avait pas lâché.

Si elle entrait chez lui en son absence, ce dont il était sûr, qu'avait-elle l'intention d'y faire ? Il s'était laissé aller à lâcher l'indication sur la clé. C'était cette ressemblance avec l'autre jeune fille. Ou les mots sur le bracelet d'or. Ou les deux. La perplexité, le trouble, le faisaient flotter entre les parois du bureau dont les rayonnages supportaient jusqu'au plafond gravures et éditions rares. Face à l'éditeur qui l'avait entretenu de tout et de rien avant de lui soumettre la commande d'un portrait, il se perdait intérieurement en suppositions invraisemblables.

« Hésiteriez-vous encore, monsieur Delacroix ? dit l'éditeur vivement pour ranimer une attention qu'il sentait vacillante.

– Du tout, du tout, mon cher monsieur ! »

L'homme, ce Buloz vigoureux, énergique, expéditif, s'était levé de son fauteuil et il s'était mis à lui tourner autour.

« Je peux donc considérer que votre collaboration m'est acquise ?

– S'il est clair que nous nous sommes bien entendus sur les termes.

– Vous voulez dire ?

– Vous avez dû l'apprendre, ce n'est pas une révélation puisque le mot court Paris, je *bousille* le dessin. Ils ont raison, ceux qui l'affirment. Cent fois raison, si bousiller signifie ne pas modeler net. Je modèle vivant, ce qui revient à conclure que je ne pratique pas le style lissé. Pas plus que la netteté des contours. Il faut que vous le sachiez.

– Mais qui vous parle du style lissé ? Je ne veux pas du style lissé, je n'aime pas le style lissé. Je connais votre travail. Je l'admire. »

Arrêtant net sa ronde, l'éditeur alla sortir une boîte de cigares, la présenta au peintre, qui en prit un mais ne fit que le tourner avec distraction entre ses doigts, et il précisa, enthousiaste, pressé, allumant le sien à une chandelle :

« Aucun académisme pour moi. Ce que je désire, c'est du vibrant et du sensible.

– Si c'est le cas…

– Il s'agit de saisir les secrets d'une âme… Mystérieuse, vous sentirez… Pour le moment, gardons ce projet pour nous. Discrétion absolue… Quant au modèle, je ne pense pas qu'elle soit une adepte du style lissé non plus ! Aurore, Aurore, rêva l'éditeur… beau prénom, mais elle signe George Sand… Son ouvrage met en scène une amoureuse dont les sens restent morts au plus brûlant de la passion. Hardi, pour le moins !… Avez-vous parcouru *Lélia*, monsieur Delacroix ?

– J'avoue ne pas l'avoir eu entre les mains.

– Ouvrez-le, c'est saisissant… Aimez-vous lire ? »

Il secoua la tête. Il lisait, oui, beaucoup. Shakespeare, Walter Scott, les romans noirs anglais. Les nuits sans sorties, il s'y plongeait et parfois surgissaient de sa main, en plats noirs d'encre de Chine, les chouettes et les ruines hantées de leurs décors fantastiques. Mais les mièvreries sentimentales, jamais. Il ne mettait pas le nez dans ces niaiseries-là, de surcroît si elles étaient écrites de la main d'une femme.

« Je compte republier intégralement le roman dans ma revue.

– Avec le portrait…

– Avec le portrait. Le regard étrange, la chevelure brune à l'espagnole… On dit qu'elle fait tourner les tables, mais ce qu'on dit… Les lecteurs veulent connaître ce visage. À l'heure qu'il est, l'ouvrage s'arrache dans les cabinets de lecture.

– Vraiment. »

Il opinait avec distraction. Vraiment, vraiment, serait-ce à ce point ? Son esprit était ailleurs. En raison de l'heure qui tournait et de l'éventualité de retrouver ou non la jeune livreuse à l'atelier, une image lui tournait dans l'esprit. Un visage s'imposait en transparence par-dessus les portraits d'hommes de lettres alignés sur le mur, tels les combattants d'une armée sans combat. Caroline. Servante de sa sœur au temps de sa solitude d'orphelin, elle surgissait, frémissante, des tréfonds de sa mémoire. Ses lèvres, son odeur, les jambes lisses sous le mince jupon tiédi par sa peau claire. L'air de la chambre tremblait quand elle en sortait et il respirait avec frénésie le couvre-pied sur lequel elle s'était allongée. Il avait adoré Caroline. Aimer d'amour une domestique, quelle pire calamité dans la vie d'un jeune bourgeois ?

On avait renvoyé de la maison Caroline la délicieuse.

Le retour d'une révolte enfouie, un goût de poison retrouvé, accompagnaient les sensations liées à la livreuse de chemises. Et l'empreinte du moment de télépathie ne faisait qu'amplifier le malaise. C'était bizarre qu'Élise eût dépêché cette jeune fille pour porter le linge, elle qui ne s'arrêtait jamais. Quant à l'insistance de l'inconnue à proposer ses services, il ne cessait de faire des supputations sur ses motifs.

Il s'efforça d'écouter ce que l'autre lui racontait.

« On vous tire dessus à boulets rouges. On vous injurie en termes grossiers, mais qui peut nier votre palmarès ? Qui ne tiendrait pour ce qu'elle est votre grande *Liberté* ? Enfin, pourquoi diable n'expose-t-on plus à Paris *La Liberté guidant le peuple*… »

Retrouvant vie brusquement, le peintre coupa l'éditeur.

« Pourquoi ? Pas convenable, à l'heure qu'il est, cher monsieur. »

Haussant les épaules, l'éditeur tira un grand coup sur son cigare et lui-même se perdit dans la fumée.

« Au fait, monsieur Delacroix... la rumeur prétend, et prétend avec insistance, que votre nom serait avancé pour la décoration du Palais-Bourbon. Le Salon du Roi, la bibliothèque, peut-être autre chose. On l'entend dire un peu partout.

– C'est un bruit, rien de plus. »

Il confirmait avec prudence, considérant que l'homme avait une bonne connaissance de sa situation, qu'une commande sérieuse serait bienvenue et que, somme toute, ils avaient épuisé le sujet depuis un bon moment déjà. Finalement, ils convinrent tous deux que c'était un projet à échéance, qu'ils attendraient le retour de l'intéressée, absente de Paris pour des raisons compliquées, et que rendez-vous serait pris en temps voulu.

Au-dehors, des nuées effilochées filaient vers l'est au-dessus des eaux de la Seine et le ciel verdissait derrière les nuages de suie qui l'obscurcissaient. Il descendit du fiacre à la passerelle des Arts pour regagner le quai Voltaire. La foule des grisettes, des décrotteurs, des prêteurs à gages, des brutes à la recherche de proies, le submergea. Il s'emplit du vacarme, fut abordé par une brune en capeline jaune, parlementa avec elle ainsi qu'il le faisait chaque jour dans ce Paris enfiévré aux heures où il lâchait l'atelier. Puis la crainte lui vint que la jeune livreuse fût partie sans laisser d'adresse.

*
* *

À l'ouverture de la porte, il s'aperçut qu'il y avait du froid dans l'air et que les surfaces luisaient. On avait brassé le contenu de la salle. On avait tapé le fauteuil, boiteux et à demi défoncé. Lui seul en faisait usage et trouvait, assis dessus en équilibre instable, des révélations instantanées, parfois foudroyantes, qui ne survenaient nulle part ailleurs.

Il se mit à tourner, dérangé, regardant de tous côtés pour s'assurer que rien d'important n'avait été bousculé.

Sur l'une des tables se trouvait un pot de grès inconnu. Sous le couvercle entrouvert, il vit que se dressait un entremets doré. Il s'approcha, reçut dans les narines l'odeur de sucre et de lait de cette petite colline éclatante et bombée, à peine brunie par le chaud du four. Il s'écarta. Une sensation cherchait à l'atteindre, qu'il fuyait. Qui l'effrayait. Il hésita, revint et soudain s'impliquant, ou plutôt retrouvant cet autre lui-même qui courait à la table dressée pour le frère et les cousins, dans un élan de surprise et d'irrésistible convoitise, il y porta le doigt et goûta. L'onctuosité de la crème lui glissait sur la langue, dans la gorge, et le goût d'angélique des petits bouts de tiges confits s'épanouissait en rayons de douceur en lui et hors de lui, filait jusqu'à une cour, des couloirs, une salle à manger décorée, miroitante, habitée de pas, de bonds de chats, de valets, de servantes dont les propos émettaient un son ténu, un appel répété, suffocant, comme un ultime souffle de vie saisi derrière le lever d'un opaque brouillard. Si brèves avaient été les fêtes à la salle à manger. La mort de la mère y avait mis fin. La mort avait mis fin aux régals et aux rires. Rien n'avait plus rompu la solitude. Et l'enfant grandi, la brosse à la main, voyait venir dans l'horreur des champs de bataille sanglants et dans la gueule des fauves penchés sur leurs proies déchiquetées la mort à l'œuvre.

Il était si absorbé qu'il n'aperçut pas la servante entrant au fond de la salle.

Elle le voyait goûter dans le pot comme on goûte au cours d'un rêve, avec régularité et ignorance du temps et attente d'échos infinis.

Elle avait eu l'inspiration de monter une de ces crèmes sucrées que son oncle avalait au déjeuner. Elle ne le regrettait pas. Elle s'était doutée qu'il aimait les douceurs, Élise l'avait laissé entendre. Élise disait que, même si ses moyens étaient modestes, il faisait venir ses chemises d'une maison d'Angleterre et que pour elle, repasseuse et laveuse, prendre en main ces pièces de linge souples et délicates, c'était comme plonger les doigts dans un panier d'arums blancs.

« J'ai prêté mes services au boulanger cette nuit. Il a cuit des crèmes à l'angélique confite. »

Elle regretta d'avoir parlé. C'était mal venu.

Il se redressa, la vit, attentive, droite, les cheveux moites sous le bonnet de travail.

Il eut devant les yeux Caroline. La vivacité, la présence, le regard qui ne fléchissait devant aucun défi. Celle-ci était son double ou son fantôme. Elle le transportait dans un temps de désirs et de souffrances jamais apaisées.

Il ne saluait pas. Il examinait.

Devant lui, les mains le long des hanches, elle lui rendait l'attention sans ciller, sans sourire. Figés l'un et l'autre, ils se faisaient face, lui cherchant à retrouver sa maîtrise habituelle, elle fière d'avoir accompli ce qu'elle s'était fixé et attendant un écho du travail exécuté.

« J'ai fini, dit-elle. C'est grand, ici. Je suis passée partout.

– Je n'avais rien demandé. »

Elle eut un rire bref, qu'il jugea doux et poignant.

« J'ai pris la clé sous la planche.

– Je vois. »

Elle avait conscience qu'il la surveillait étroitement.

« J'ai lavé le plancher. Il n'y a pas eu de la poussière sur les tableaux.

– Qui vous a appris à travailler ? La vieille Élise ?

– Non... Non, ce n'est pas Élise », dit-elle avec une expression mystérieuse.

Elle attendait un mot de plus sur la qualité de l'intervention, mais il s'occupait à secouer ses vêtements de ville. Il les suspendait. Elle s'éloigna. D'un geste brusque, violent, elle se débarrassa du bonnet qui lui enserrait le crâne et entreprit de sécher ses cheveux avec un morceau de toile.

Il s'était retourné.

La toison vivante s'épanouissait dans la vigueur de la friction. Sous le désordre des mèches humides, le visage s'illuminait. Cette prestesse, ce naturel, cette souplesse du corps mince, il les identifiait. Plus vrais que vrais revenaient à lui les gestes de Caroline, son charme acide, ses disparitions derrière les portes. Il s'efforçait de ne pas y penser, ni à ce que serait cette présence, dans le cas où elle se ferait régulière à l'atelier. Ce qu'elle venait d'accomplir dans la salle était spectaculaire, mais il n'était pas l'heure de s'arrêter à ces considérations.

« Outre que je n'aime pas qu'on me force la main, dit-il, je ne peux assurer des gages à quiconque. Il ne m'est pas agréable de remuer ces questions. Vous comprendrez. »

Elle lâcha le bout d'étoffe, le temps de rajuster ses pensées.

« Pour les gages, je peux attendre.

– Comment vivrez-vous ?

– Mon parrain de Normandie a mis une bourse dans mon sac quand j'ai quitté la place. Notre maître, le baron de Chanfreneuse. »

À entendre le mot, il sembla au peintre qu'elle lui volait quelque chose. La Normandie, c'était les brumes bleutées, l'air humide, les sentiers et les bois où s'arrêter pour dessiner à l'ombre, derrière le battement de la mer. C'était la chambre fraîche qui l'attendait l'été lorsque, harassé et étouffant à l'atelier, il fuyait la fournaise de Paris. La Normandie était son refuge. Jamais il n'avait entendu parler là-bas du château de Chanfreneuse, mais à l'instant il voyait la main d'un nobliau de province chercher un jeune sein tendu sous le tissu de la blouse et la scène, il ne savait pourquoi, lui donnait des crispations dans les paumes.

« C'est heureux pour vous, ce parrainage », dit-il sans conviction.

Il posa deux sous devant elle, ni plus ni moins que ce qu'il donnait aux modèles pour la pose.

Elle les prit et les mit dans son sac.

« Si le marchand d'eau monte aux étages, les jours du petit linge, il me faudra une bassine pour faire tremper. »

Une bassine. Elle décrétait. Elle tirait des plans. Elle jouait au plus fin pour l'ébranler, dressée de toute sa petite taille, le regard inquisiteur, les épaules très droites, des paillettes d'or au bord de ses yeux clairs.

« Vous me faites une offre de prêt, en quelque sorte ? dit-il, sarcastique, attrapant le chat qui tournait autour d'elle, témoin critique de tractations inhabituelles et dérangeantes. Je ne peux pas accepter une telle chose.

– J'attendrai. Bientôt, Monsieur aura de la marchandise. Il me paiera quand il aura la médaille au Salon. »

Elle avait parlé avec conviction.

Que pouvait-elle savoir des attributions honorifiques au Salon du Grand Louvre ? Que savait donc une servante des cabales et des influences, des coups de Jarnac du jury, de l'assassinat des techniques par les ignares placés, de la prépondérance du gouvernement sur les corps constitués, enfin de l'incertitude quant au sort prochain de ses toiles ? Il n'ignorait pas que le peuple allait déambuler pour se divertir. Qu'il s'en faisait une féerie les dimanches. Qu'il riait devant les femmes nues et pleurait au sang des batailles, avant d'aller vider des brocs de piquette dans les mastroquets bondés du Carrousel. Mais se pouvait-il qu'elle eût traîné dans ce tohu-bohu, elle, cette jeune fille de condition imprécise, jusqu'à en retirer des notions ? Des informations ? Une connaissance ?

Il l'examinait. Il en oubliait son refus et se perdait dans des arguments contraires. Car trouver bottes et vestes en état avant de sortir, confier l'entretien du poêle, savoir qu'elle savait lire, qu'il pouvait laisser des consignes, était une perspective séduisante. Mais accepter cette offre pour ainsi dire à tempérament de la part d'une servante, était-ce compatible avec sa dignité ?

La perspective le dérangeait. Elle le dérangeait et l'attirait plus violemment encore. Quoi qu'il en fût, si un accord se mettait en place, il faudrait veiller à ne pas alerter l'autre, la bonne. Ne pas la congédier trop vite. Recommander à celle-ci une prudence extrême pour que nul, à Paris, n'apprît qu'il jouissait des services d'une domestique sans lui verser de contrepartie décente. À aucun prix ne prêter le flanc aux ragots. On le surveillait. On le traquait, à tout instant c'était perceptible. Car, même si l'École et la Presse s'accordaient pour le traîner dans la boue, il y en avait au moins un en haut lieu, et non des moindres, pour s'intéresser de près à son travail et proclamer qu'il était l'avenir de la peinture française. L'éditeur ne s'était pas trompé. Les déclarations couraient la ville. Les faucons se tenaient aux aguets, prêts à fondre sur leur proie pour peu qu'une occasion leur fût donnée.

Les cheveux dénoués de la jeune fille étaient d'une blondeur cuivrée frottée de vert. C'était l'effet de la lumière à cette heure. La lumière de la verrière devenait cendreuse, impalpable, elle changeait les couleurs et les rapports des couleurs. Elle donnait la sensation de tournoyer en entraînant ce qu'elle touchait.

Il admirait ce ton de la chevelure dans la lumière. Il le trouvait rare.

Il demanda :

« Pour quelle raison désirez-vous être engagée chez moi ? »

Elle répondit et il ressentit le glissement des choses et, simultanément, ce que seraient peut-être les jours à venir :

« J'aime mieux être commandée par un maître. Au château, c'était Monsieur qui donnait les ordres.

– Bien… Faisons un essai quelques jours. Nous déciderons ensuite.

– Oui, monsieur. »

Et il vit la main, avec vigueur, tordre les cheveux dans le cou jusqu'à éteindre leur éclat.

3

Devant la cheminée verte du grand appartement à lambris, au même moment, le fameux John Tallberry, connu dans tout le Palais-Royal pour ce qu'il disait et pour ce qu'il ne disait pas, se chauffait les jambes en fourgonnant dans ses dossiers.

Il venait de conclure des négociations avec Hyacinthe Galien. John Tallberry, roux, long, mystérieux, était avant tout un important fabricant de dessous de femmes et de cotonnades à fleurs. Ses étoffes déclinaient dans de souples combinaisons la flore des jardins de sa région natale du Kent. Lui-même, artiste, orientait l'inspiration de ses dessinateurs. Une fois ou deux, il avait envoyé des croquis à Hyacinthe Galien à Paris, accompagnés de questions pour recueillir ses impressions. Il tenait en haute estime ce grand marchand de nouveautés, son sens des étoffes et de leur mise en place, sa bonhomie. Il aimait Hyacinthe. Sa fabrique expédiait à travers l'Europe des centaines de rouleaux d'un motif *daffodil-and-hyacinth* qui était une réussite et un hommage au sens de la nature des poètes anglais.

Par ailleurs, il était de notoriété publique que Tallberry exerçait une activité différente dans un quartier mal famé de Londres. Qu'il y avait des intérêts et qu'en pleine tractation il sortait un carnet crasseux, corné sur les bords, écrivait deux lignes, bouclait ce carnet avec une remarque du genre : « Désolé, j'ai un autre chantier, je l'alimente. »

On donnait à Paris cent versions sulfureuses sur la nature du chantier. Hyacinthe s'abstenait d'en rajouter, mais la cicatrice sur la lèvre inférieure du fabricant l'obsédait pendant les négociations. Depuis peu, il croyait savoir que Tallberry possédait un entrepôt dans le quartier louche de Whitechapel. Sur ce que pouvait contenir cette annexe excentrée, il avait son idée.

En guise de cadeau d'affaires ce jour-là, l'Anglais avait loué trois cabines aux Bains Chinois. Il avait bien précisé trois cabines, sachant que Hyacinthe n'accepterait aucune festivité s'il n'était invité à la partager avec sa nièce. Il n'était jamais entré dans le bâtiment aux ailes rose et or du boulevard des Italiens, mais on le citait à Londres et il lui tardait d'éprouver le charme exotique de l'établissement. Le retard apporté au programme par l'absence de la nièce l'irritait. Hyacinthe le sentait. Il avait installé le fabricant devant une bouteille de champagne et jeté des feuilles d'eucalyptus dans le feu.

« Prenez le temps de vous réchauffer. Je reviens. Florentine ne saurait plus tarder », dit-il, ce dont il était tout sauf assuré.

Il sortit, entra dans sa chambre et tira la porte.

Le coffre-fort se trouvait contre le lit, derrière un volet de bois coulissant. L'idée lui était venue, durant la nuit, de sortir du coffre le collier de grenats vénitien. Sans crier gare et sans commentaire le mettre, étincelant, dans la paume de Florentine. Lui faire comprendre une fois de plus que le grand appartement où ils vivaient, au-dessus de la boutique, n'avait pas fini de lâcher ses trésors. Là-dessus, elle avait encore à découvrir. « Tu ne connais pas le dixième de ce qu'il y a ici, ni dans ma tête », murmura-t-il en composant la formule sur le coffre de fer qui s'ouvrit avec un bruit de geôle.

Accomplir ce geste lui coûtait, car cela avait été des années durant la prérogative de sa femme. Depuis la disparition d'Émilienne, il hésitait quand il avait à le faire et un écœurement le saisissait parfois. Contre l'or et les listes de valeurs du commerce, le collier reposait dans son imposant coffret noir, marqué au chiffre du joaillier de Venise. Le sortir était un geste d'une portée considérable.

La pensée d'Émilienne revenait, mais n'arrêtait pas Hyacinthe dans sa décision.

Il se revit, entrant avec elle dans le vieux presbytère assailli par le grondement de la mer, pour prendre possession de l'enfant blonde qu'ils avaient tant attendue. Là-bas, en Normandie, sur le chemin du lieu qui avait recueilli Florentine, maltraitée, perdue comme le dernier chiot de la couvée, ils avaient cru qu'ils n'arriveraient jamais. La pénombre, le dénuement, la profondeur du silence, les avaient figés tous deux dans le courant d'air de la porte. Dans un réflexe apeuré, Émilienne avait chuchoté en lui saisissant la main : « Qui sait si nous faisons bien, Hyacinthe ? »

Le souffle lui manquait à s'en souvenir.

Dans sa générosité, Hyacinthe Galien ne songeait qu'à faire ruisseler sur les épaules de sa nièce les richesses que lui procurait sa réussite commerciale exceptionnelle. Mais la retenue de Florentine, souvent, l'en empêchait. Il devait se modérer. Chaque fois qu'il pensait au presbytère, à la bâtisse branlante où l'on croyait aux prodiges, il se sentait écarté de sa vie.

Son ton pénétré, le débit de voix haché, lui revinrent à l'oreille : « Je dois sortir, oncle Hyacinthe, les cartes ne se trompent jamais. »

Lequel des deux, là-bas, du curé ou de sa sœur, lui avait mis les bouts de carton usés entre les mains ? Lequel avait glissé dans son sac, à l'heure du départ, ce jeu chargé de toutes les incertitudes des destins des hommes ? Il ne s'en sortait pas, de ces questions.

Un pas se fit entendre dans le corridor. C'était elle. Il ouvrit la porte. Elle paraissait lasse. Elle avait dû marcher longtemps dans le froid sibérien. L'idée l'inquiéta, mais le seul fait de son retour l'emplissait d'un soulagement et d'une joie indicibles.

« Tallberry est là, il est arrivé de Londres.

– Ah, dit Florentine, indifférente.

– Il nous invite aux Bains Chinois. Ensuite, nous dînerons. »

Il hésita. Il la sentait lointaine.

« J'ai sorti le collier rouge. Tu vas le porter. »

Elle cilla sans répondre.

Il posa le collier sur le marbre de la table de nuit, le remua, fit scintiller les pierres sous les chandelles du bougeoir.

« En réalité, il n'y a plus de raison de le laisser en quarantaine, ce collier. »

Elle avait porté la main à sa gorge. Elle la frottait machinalement.

« Pourquoi ? Pourquoi aujourd'hui, oncle Hyacinthe ? »

Il ne répondit rien. À gestes légers, sans presque l'effleurer, il lui passa le collier au cou, ce qui faisait un effet surprenant, car elle n'avait pas ôté l'épaisse cape de sa promenade.

« Va te changer. Tallberry nous attend. »

Il fut tenté de la rappeler. Il aurait aimé lui demander ce qu'elle avait vu de particulier de l'autre côté de la Seine, quelle tournure avait pu prendre cette promenade de curiosité par un temps où les oiseaux tombaient, foudroyés de froid, dans la boue figée des caniveaux.

Finalement la prudence l'emporta, il ne le fit pas.

4

Bien que l'accord restât informel, Florentine Victorine Marie Galien montait chaque jour chasser les poussières à l'atelier du quai Voltaire.

Elle avait ses heures, pas toujours les mêmes, saluait avec politesse, sortait ses chiffons et s'engloutissait dans sa tâche. Elle avait beau dire que l'eau des pluies gouttait dans sa chambre, que le givre courait sur les murs, le peintre savait qu'elle mentait. Il aurait juré qu'elle venait de ces quartiers de l'autre côté du fleuve où, le long des passages protégés de la crasse, les miroirs se renvoyaient à l'infini l'éclat des boutiques de tapissiers, de chapeliers, de bottiers, de marchands de citrons et d'oranges.

C'était là-bas qu'il la situait, non près du quai.

Et elle maniait les mots avec justesse, elle écrivait, elle savait parler, cela désorientait le jugement. Et alors ? Alors, à voir, à examiner plus tard. Pour l'heure, le travail ne laissait aucune place aux spéculations et, dans l'austérité d'une vie privée de confort, ce service régulier était une gratification miraculeuse. Il se disait qu'un jour Florentine s'évanouirait comme elle s'était présentée.

Elle laissait en partant, sur le chauffe-tisane, une décoction de sauge pour apaiser sa gorge. Parfois, elle apportait une crème à l'angélique comme le premier jour. Il posait deux sous en précisant que c'était un acompte, qu'il aurait bientôt des rentrées d'argent. Elle répétait qu'elle pouvait attendre. Elle empochait les pièces et s'affairait. Ses jupes, ses caracos, sous la pèlerine, étaient du ton des réverbères, des troncs d'arbres et de la boue des rues. Ses cheveux seuls brûlaient de lumière.

Il cherchait à définir ce ton de ses vêtements. Il cherchait des tons de terre, des tons de loutre sortant de l'eau, mais il ne parvenait pas à fixer la cible. Tandis qu'il brassait ces questions, elle se taisait ou elle lui parlait du choléra qui pouvait revenir. Des scélérats qui jetaient leurs immondices dans les caniveaux et des pauvres gens pressés d'y plonger le bras pour y pêcher des trognons de pommes, sans crainte des poisons et des fièvres. Et elle faisait des prédictions sur un mal prochain, mais de conversation sur elle, tout entière accaparée par sa tâche et habile comme pas une pour glisser sans bruit sur le plancher, elle n'en avait pas.

Que savait-elle du mal ?

Il se rappelait ses mots sur les plastrons blancs, à l'heure de son entrée. Il ne retrouvait plus le ton naïf du premier jour. Il le regrettait. Il se demandait si elle avait connu l'amour. Parfois, il sentait un émoi puissant comme le désir la traverser. Elle changeait. Il la regardait crûment, disait : « D'où arrivez-vous ? » Elle se détournait sans desserrer les lèvres. Il aurait voulu savoir, comprendre d'où venait la justesse de son toucher sur les choses, ce va-et-vient fluide qui ne dérangeait rien. Il guettait une faiblesse. Il ne trouvait que sa moiteur et sa résolution.

Puis il rentrait en lui-même. Il l'oubliait. Ses visions le dévoraient. Juste avant, elle les avait senties venir. Elle avait entrouvert la fenêtre pour le soutenir avec la marée vivante de la ville. Chacun à sa tâche, ils s'activaient. Ils entendaient monter les cris des chiffonniers par-dessus l'aboiement des chiens et les injures immondes des charretiers, à l'heure où les patrouilles grises venaient les faire déguerpir à coups de crosse. La ville souffrait. Ils partageaient ses tourments. Et si la pluie avait longtemps battu la verrière, il leur venait un frisson, quelquefois à la même seconde.

Parfois, ils se regardaient. Ils le faisaient intensément. Un soir, elle dit : « Je vois que Monsieur est fatigué. » Il haussa les épaules.

Elle avait cru comprendre que, pour travailler, il devait avoir les mains chaudes, le visage brûlant. Elle le surveillait. Elle lui tournait autour. Si elle le jugeait frileux, le cou dans l'écharpe rouge enroulée en triple ou quadruple tour, elle filait au tiroir du poêle et, penchée sur les étincelles, vidait la cendre, jetait deux bûches d'yeuse. Les flammes éclairaient son visage. Il ne s'étonnait pas qu'elle fût belle à le damner dans l'éclat du feu roux. Ni qu'elle sût s'occuper du poêle. Il se répétait que la situation était passagère, qu'elle disparaîtrait, comme Caroline avait disparu.

D'emblée, il l'avait avertie des visites fixées par la bonne. À aucun prix ces deux-là ne devaient se rencontrer. L'autre aurait raconté qu'il y avait une jeune fille à l'atelier, une qui n'était pas modèle, et les pies jacasseuses auraient parlé à tout va. L'autre pensait avoir la mainmise sur le maître et, un matin, elle avait grommelé, soupçonneuse, finaude : « Ma parole, c'est tenu comme un champ de légumes sous cloche, ici ! Ben vrai… Qu'est-ce que j'ai à faire, moi ? » Il dit : « Rien. Rien, je n'ai plus besoin d'aide, vous pouvez disposer. » Il avait prévenu ses amis, il ne supportait plus la présence de la bonne. Qu'on ne s'inquiète pas pour son ménage, il se débrouillait.

De plus en plus, Florentine connaissait le déroulement de ses journées. De plus en plus, il guettait l'arrivée de Florentine. Mais, derrière le pacte ni exprimé ni écrit, la surveillance, de part et d'autre, ne baissait pas la garde.

Il s'interrogeait sur la provenance de son plumeau à manche d'ébène. Elle en effleurait les toiles, détachée, flottante, ignorant la nature de ce qu'elle époussetait. Il s'en exaspérait. Lui qui défiait les censeurs de l'École, lui l'arrogant injurié au moins deux fois la semaine par la Presse, elle lui donnait à penser que sa peinture n'était pas si importante, puisqu'une personne appelée à la côtoyer chaque jour semblait ne rien apercevoir.

Évidemment qu'une servante n'était pas juge, mais comment n'était-elle pas au moins témoin ?

De loin en loin, il sentait l'éclat des longs yeux gris-bleu posé sur lui. Il levait la tête. Il surprenait une expression presque supérieure. Ce n'était pas une fille de rien. Elle suivait des pensées et elle les taisait.

Un matin qu'il devait sortir, il eut envie de voir comment elle se comportait au-dehors. Depuis quelque temps, l'idée le poursuivait.

« Laissez la poussière. Nous sortons, Florentine, ordonna-t-il.

– Nous, monsieur ?

– Oui. Prenez la boîte de mines. Je m'habille. »

Elle exécuta l'ordre et, sans un mot, le suivit dans l'escalier. Au-dehors, le sol glacé scintillait de givre et deux tombereaux bloquaient le quai. Les chevaux piaffaient, les hommes s'agitaient en fouettant les flancs fumants des bêtes. Levé depuis peu, le vent découpait une coulée rose dans une masse de nuages floconneux.

Il murmura : « Quel ciel ! » Elle opina. Ils prirent la passerelle. Elle avait une démarche longue et légère. Sa présence discrète contrastait avec la multitude braillarde, il remarquait ce détail et quelques autres. Florentine, quant à elle, le capuchon de sa pèlerine rabattu sur les yeux, ne savait plus qui elle était. Avancer dans la foule du même pas que le peintre, le faire hors de ce statut de servante qu'elle avait construit jour après jour pour entrer à l'atelier, lui obscurcissait l'esprit. Elle ignorait où il l'entraînait. De toute évidence, il éprouvait du plaisir à faire durer l'incertitude.

« C'est là, annonça-t-il soudain au bout du pont, montrant les toits d'ardoise blanchis par la neige. Nous allons là.

– Au palais du Louvre ! »

Elle était stupéfaite.

« En effet. »

Il la scruta, étonné qu'elle eût connaissance de l'édifice. Elle l'observait aussi, sans saisir ce qu'il avait dans l'esprit. Peut-être pas grand-chose, peut-être était-ce une simple lubie de maître en mal de changement, que cette idée de lui faire porter le matériel. Ce qu'elle tenait en main ne pesait rien.

« J'ai à faire des croquis d'après Rubens, dit-il. Rubens a la folie du pinceau et le sens des effets comme personne. Vous me donnerez les mines de plomb et vous attendrez loin de moi. Si la température est suffisante, vous prendrez ma redingote et vous la porterez au vestiaire… Vous aurez tout le temps d'aller d'une salle à l'autre. Vous ne serez pas seule…

– Bien, monsieur. »

Au musée, elle constata qu'on s'arrêtait sur son passage et qu'on le saluait avec respect. Elle le suivit jusqu'à une salle où il s'installa devant un vaste tableau habité de fruits, de fleurs, de nuages, d'amours et de femmes nues. À son entrée, deux jeunes rapins à la copie levèrent la tête sans desserrer les lèvres.

Restée sur le seuil de la pièce, Florentine vit son maître sortir le carnet de croquis. Il lui fit signe qu'il garderait la redingote. Elle s'éloigna. Rien ne la pressait. Le musée était vivant, tumultueux, certains artistes y logeaient jour et nuit et déambulaient à toute heure en bandes bruyantes dans les vestibules. Elle se mit à flâner d'une salle à l'autre, en se souvenant de sa visite précédente.

Elle était venue accompagner Hyacinthe dans le but précis de rencontrer un portraitiste et de lui passer commande. Hyacinthe s'appliquait à ne pas la lâcher dans la cohue, mais elle avait pu s'échapper.

Elle pensa à lui, son oncle, aux appréhensions qu'il éprouvait à tout moment à son sujet. Elle lui avait dit le matin, pour le rassurer, qu'elle allait apprendre à préparer des onguents à lèvres chez une marchande à la toilette. « Un nouvel article, oncle Hyacinthe. C'est flatteur pour le teint, vous en vendrez beaucoup quand ce sera prêt. » Il avait recommandé, inquiet : « Lave-toi les mains ensuite. Toutes les plantes sont des poisons. »

Ces inventions qu'elle leur servait, à lui et au peintre, ces improvisations répétées n'étaient pas des mensonges gratuits. C'étaient des jalons, des étapes nécessaires à l'accomplissement du plan qu'elle avait en tête. Les choses allaient leur train. Elle était satisfaite.

Au bout d'une petite heure, quand elle pénétra dans la salle, elle sentit une atmosphère tendue. Trois jeunes artistes se tenaient en groupe, tandis qu'un homme au visage puissant, une cape de brocart jetée sur les épaules, arpentait la pièce. Cette marche sans but était de toute évidence un rituel d'autorité destiné à être vu de tous. Il s'arrêta derrière le peintre. Il observait. On aurait pu croire qu'il admirait, mais il y avait dans cette attente qui durait un je-ne-sais-quoi d'oppressant et de funeste. Le silence s'étira et soudain, telle une déflagration, retentit l'ordre impérieux donné au gardien :

« De l'air, je vous prie ! Ouvrez cette fenêtre immédiatement, il y a ici des vapeurs fétides ! »

Florentine vit son maître se retourner. Il le faisait avec lenteur. Elle pensa à une embarcation qui peinerait à virer de bord dans un port encombré. Elle le vit grimacer un sourire et elle l'entendit lancer sans hausser le ton :

« Vous avez l'odorat fin, monsieur Ingres. Je salue cette faculté. Selon vous, est-ce Rubens ou moi qui dégage ces émanations répugnantes ?

– Répugnantes, en effet. Tout ce qui offense les lois du dessin sent la pourriture et n'a pas sa place au musée national du Louvre. »

Sur ces mots, l'homme jeta un regard circulaire autour de lui, salua et sortit, suivi de son escorte.

La salle était vide.

Florentine restait là à regarder son maître dessiner comme du fond d'un puits. La violence de ce qui venait de se passer ne quittait pas son esprit. Comment pouvait-il garder cette cadence, ni trop lente, ni trop rapide, après la cruauté du coup qu'il venait de recevoir ? Et au nom de quoi l'autre avait-il condamné le dessin d'un artiste qui n'hésitait jamais ? Y avait-il des tribunaux reconnus pour juger l'immense marée des ciels, des lumières, des ombres, des créatures recueillis par la main d'un peintre et lancer, à la fin de tout, le verdict d'exécution sur la place publique ? Jamais elle n'aurait pensé rencontrer une brutalité pareille chez un artiste, car celui-là, bien sûr, était un artiste. Elle avait entendu son nom lors de la visite avec Hyacinthe. Elle l'avait retenu, et pour cause.

Il dessinait toujours, on aurait dit que ça le maintenait en vie. Au bout d'un petit quart d'heure, il leva la tête, rangea le matériel, se dirigea vers la sortie, s'aperçut que Florentine était là et, blême, lança :

« Venez… »

Une fois dans le vestibule, il se mit à proférer un chapelet d'invectives, oubliant qui elle était, la prenant à témoin, se déchaînant avec la même fureur que son ennemi.

« Ingres est un forban et un ignare… L'Orient, il ne connaît pas. Ses odalisques sont posées sur leur couche comme des sucreries dans une boutique de confiseur. Elles n'ont pas respiré le jasmin dans les cours… Les vieux palais, les fontaines, les niches, les esclaves, les voiles rouges devant les beaux yeux, il n'a jamais vu... S'il avait pris une fois un bain de vapeur sur une terrasse brûlante, il saurait que là, les lignes remuent... qu'elles se tordent... qu'il n'y a plus de lois du dessin, plus que la vie... la vie pénétrante. L'Orient, c'est ça... L'Orient n'accueillera jamais le père Ingres !... »

Perdu dans les images, emporté dans son indignation blessée, il ne la distinguait plus, ni elle, ni la rue où ils débouchaient, ni le fleuve d'un gris de cendre. Il marchait de plus en plus vite. Il courait presque. Elle avait du mal à le suivre. Assaillie par les mots, elle tenait contre elle le sac où il avait déposé le carnet de croquis sans même s'en apercevoir. Brusquement, elle dit :

« Monsieur Ingres est fier parce qu'on le paie plus cher que Monsieur pour les portraits.

– Plus cher ? »

Il répéta, stupéfait :

« Plus cher ! Mais qui vous a renseignée là-dessus ? »

Il la découvrait marchant à ses côtés, raisonnant sur les conditions liées à son métier, non comme une servante mais comme un témoin qui compare et réfléchit.

« Vous connaissez le père Ingres. Où l'avez-vous rencontré ? Qui vous a donné ses tarifs ?

– Je ne connais pas monsieur Ingres, monsieur. Je connais le nom de monsieur Ingres.

– Et ce qu'il demande à ses commanditaires ! Il ne doit pas y avoir beaucoup de servantes dans Paris informées sur le sujet… »

Juste, au reste, l'information. Précise. D'où la sortait-elle ? Il pouvait, il devait y avoir un rapport, un lien, entre cette réflexion et la scène emphatique et grotesque du musée. Il tentait de raisonner au plus juste. Il ne savait pas.

« Florentine, dit-il, sombre.

– Oui, monsieur…

– Rentrez sans moi… Achetez du lait pour le chat, versez-le dans la soucoupe. Voilà trois jours qu'on ne le voit plus, il va revenir. Vous poserez le tout à l'atelier, j'ai à faire. »

Il fit volte-face, ne salua pas. Les bords de sa redingote volèrent et elle le vit se fondre dans la coulée de la foule.

*

* *

Quand elle y monta, l'atelier parut mort à Florentine. Elle versa le lait du chat et n'entama aucun nettoyage, car il était largement temps de rentrer à la galerie. Mais, dans sa rage, la voix du peintre s'était cassée pour parler des terrasses et des palais d'Orient. Elle l'avait senti submergé par l'émotion, elle gardait ses intonations dans l'oreille. Elle n'était pas retournée au réduit depuis son arrivée, mais quelque chose lui commandait de le faire.

Rapidement à cause de l'heure, elle ouvrit la petite porte, chassa sa peur, souleva le couvercle de la malle, plongea à mi-corps dans les profondeurs, ignorant ce qu'elle cherchait. Sous les vêtements empilés, ses mains rencontrèrent des flacons de verre. Ils étaient de tailles différentes et tous ornés d'arabesques d'or et coiffés de gros bouchons translucides en forme de turbans. Elle en préleva un, le plus ventru de tous, le glissa au fond de son sac et s'en alla.

Le soir, le dîner au salon avec Hyacinthe fut serein et gai. Elle s'était habillée. Elle avait mis le collier rouge et s'était fait une coiffure haute en entremêlant ses cheveux avec des fleurs de taffetas. Hyacinthe voyait le collier rouge. Il l'admirait sans le dire, car la distance entre eux était la loi et l'habitude. Il lui semblait qu'elle n'avait jamais été aussi belle, ce qui lui donnait de la peur. Elle le quitta la dernière bouchée avalée et, une fois dans sa chambre, déposa le collier, se déshabilla.

Lentement, avec méthode, elle se passait la senteur de la malle sur les seins, sur les poignets, aux chevilles. Elle se la passait à l'aine, dans les cheveux, la senteur était enchanteresse et vivante, elle embaumait les terres chaudes, l'été sans fin, les secrets de l'amour. Il avait dit : les beaux yeux derrière les voiles rouges, les fontaines, les niches… l'Orient, c'est ça… la vie pénétrante. Elle ne détestait pas la voix, même implacable, même furieuse. Et plus les mots revenaient, plus ils s'inscrivaient en elle, plus elle se sentait reliée par toutes les fibres de son être à l'atelier du quai.

*

* *

De soir en soir, le parfum ne quitta plus Florentine. Elle faisait pourtant en sorte de le doser modérément. Elle était convaincue que le matin il n'en restait rien, et, de fait, Hyacinthe toujours aux aguets ne s'en apercevait pas, mais au peintre ces effluves n'avaient pas échappé. Il était perplexe, dérangé de le découvrir. Des questions lui venaient. Ajouté à la réflexion sur les tarifs de ses portraits, ce vol sans importance lui donnait à réfléchir. Il surveillait Florentine et elle ne l'ignorait pas. Un matin qu'elle grattait les mares de cire sèche au fond des bobèches des bougeoirs, elle sentit qu'il s'approchait si près d'elle que son souffle lui passait sur la nuque. Elle se pétrifia, le dos tourné, attendant une réflexion, une question, l'espérant, croyant que c'était le moment, enfin le moment, mais il restait muet. Il se contenta de traverser la salle, il saisit sa pèlerine sur le canapé et, ostensiblement, il la respira.

Elle ne pouvait ignorer ce que signifiait ce geste. Il lui faisait peur. Ce n'était pas la première fois qu'elle éprouvait de la peur devant lui. Régulièrement, ça lui venait dans les silences. Les silences étaient des retranchements habités. Elle y sentait flotter des scènes inquiétantes, des crocs d'animaux, des coups de fouet sur des échines moites. Les silences lui parlaient d'étranges agressions et batailles. Et à cet instant, ce qui lui criait dans la tête, c'était l'envie de lui lancer que ce parfum doux comme le miel, bien sûr monsieur qu'elle en frissonnait de plaisir quand elle se le passait sur la peau après le travail. Et que chaque savonnée, chaque coup de pincette dans le poêle, valait bien une bouffée de ce parfum de femme enfermé comme une présence morte dans la malle.

Courbée au-dessus de la table, elle guettait une phrase, l'occasion de lui dire que, la nuit, elle s'en allait dans des champs d'orangers brûlants avec le parfum de la malle, elle aurait fait face aux accusations, elle aurait parlé, elle en était capable même dans la peur, mais aucun mot ne venait de lui.

Et puis, ensuite, ces phrases. La voix glissant sur les choses, la voix étrangère, l'ordre cinglant lancé.

« Écoutez-moi, je vous prie !

– Oui, monsieur.

– Je vous serais reconnaissant de ne pas laisser traîner votre vêtement sur ce divan, je n'aime pas le désordre, mettez-le à la patère. Le divan est réservé aux visiteurs. J'aurais espéré que vous l'ayez remarqué. »

Et puis un silence encore, et l'arrêt lancé :

« D'autre part… il va falloir interrompre un temps, au bas mot une huitaine, vos séances de nettoyage à l'atelier. J'attends un modèle. J'entends ne pas être dérangé quand un modèle est à la pose. Le ménage attendra. Le ménage, en ce moment, est de moindre importance. »

5

Il se demandait encore pourquoi il s'était tant pressé pour renvoyer Florentine. Il n'avait eu en vérité aucune raison solide de le faire. Elle était discrète. À la moindre visite, elle s'effaçait. Le ton, les mots de ce moment, il avait beau chercher, il ne les retrouvait plus. Il se rappelait seulement la hâte avec laquelle il l'avait congédiée.

Cela faisait trois bonnes semaines qu'elle ne montait plus. Il voyait la pèlerine accrochée à la patère et l'image s'évanouissait. Il revoyait les grandes démêlées de cheveux blonds dans les froissements de toile et le corps en dessous, mince, souple, qui se courbait. Il lui venait une attention subite à une éclaboussure de couleur, à une tache d'huile, au crissement du grillon d'hiver derrière les plinthes, la nuit. Et des sursauts aux aboiements des chiens des chiffonniers.

À l'heure où les gelées blanchissaient les toits du Louvre, il sentait la morsure de l'hiver jusque dans ses os. Sa gorge le brûlait. Les fièvres de l'enfance revenaient. Elles menaient son poignet à un train d'enfer et se jetaient sur la toile en gerbes de couleurs fusantes. Et quand, grelottant de froid et de fatigue, il cherchait le chauffe-tisane pour s'apaiser un peu, il s'exaspérait de ne pas trouver les flammes sous le pot odorant du fumet de la sauge.

Où était-elle ?

Dehors, le ciel était noir de suie, les fumées sortaient droites des cheminées, les sabots des chevaux dérapaient sur les croûtes de neige et, à l'atelier, le bois de la fenêtre devenait raide à éclater, sous les mains qui tentaient de le décoller. Il dormait mal.

Un matin, après une nuit d'indisposition pour avoir dîné chez Magny d'un ragoût à vingt sous arrosé de vin piqué, il eut un songe. Vêtu d'une robe de chambre amarante somptueuse, il se trouvait dans la boutique de Haro, le marchand de couleurs. Haro servait du thé à la menthe. Au centre de la pièce, il y avait une toile dans les tons d'indigo et de laque rouge qu'il reconnaissait pour sienne. Le marchand et lui s'en approchaient. Haro regardait. « Je crois que là, mon cher ami, vous avez dépassé la mesure. » Il répondait : « Sciemment ! » Et à l'instant une douleur d'une violence inouïe le traversait, il avait la sensation d'être précipité du sommet d'une tour vers les abîmes de l'enfer. Il mourait. Il répétait : « Sciemment. Savez-vous ce que c'est que le désir d'atteindre ce qu'on n'atteint jamais ? Non, vous ne connaissez pas ça, vous, Haro… » Haro avait disparu, l'arrière-boutique s'emplissait d'algues molles qui ondulaient contre la toile. Il avançait pour la soustraire à cet assaut. « Je la ramène chez moi, j'ai la clé », s'écria-t-il, suffoquant. Mais quelqu'un lui prenait cette clé et, la lui prenant, lui arrachait le cœur. « Adieu, monsieur ! » C'était Florentine. Ou c'était Caroline. Ou Florentine se fondant en Caroline. L'identité floue exacerbait le malaise et l'angoisse.

Il se réveilla, la gorge serrée, se leva, avala un fond de café sans prendre le temps de le réchauffer et alla droit au tableau posé sur le chevalet. C'était *Les Femmes d'Alger dans leur appartement*.

La préparation à la détrempe était achevée, les glacis allaient être amorcés. Assise sur ses tapis, la femme de gauche portait un fin bracelet d'or à la cheville. À celle de droite, il avait mis un bracelet aussi.

Il avait peint ces bracelets rapidement et, chaque fois qu'il passait devant, il sentait une poussée rythmique, un écho d'il ne savait quelle danse indolente l'invitant, il ne saisissait pas les mouvements, peut-être n'était-ce qu'un simple rappel de danse flottant avec la légèreté d'un courant de pensées intime entre les femmes. Peut-être la présence de l'esclave noire, prête à tirer le rideau sur toute intrusion extérieure, permettait-elle aux danses passées et aux danses à venir de rester là, en suspens dans la chambre. De sorte que les femmes vibraient à des rythmes muets qu'elles étaient seules à percevoir.

Ce décor avait le mystère d'une chambre de prière.

Il s'en échappait une sensualité qui imprégnait l'atelier et se mêlait à l'odeur animale de la colle de la détrempe chauffée au bain-marie. Il baignait dans ces senteurs en posant le violet tendre et le rouge cerise de la chemise de la femme assise, et par moments il s'arrêtait, étouffait de cette volupté, laissait la fièvre la faire grandir en lui. Hésitait à aller forcer la fenêtre sous sa couche de glace. Décidait de ne plus ouvrir du tout, à cause du mal de gorge persistant.

Là-bas, au cours de son séjour, il avait prié l'ingénieur du port d'Alger d'obtenir du chaouch l'autorisation de le laisser entrer dans le harem. Après des palabres et des réticences, on avait fini par la lui accorder.

Et il avait suivi le couloir qui menait au paradis des femmes. Et contemplé, épié, tâté du regard le satiné des peaux, deviné à distance le goût des makrouds et des gâteaux aux fleurs, osé imaginer qu'il pouvait toucher ces vénus alanguies dans les étoffes jaunes, vert d'eau, bleu céleste, lilas, cramoisies. Il avait voulu tout noter au crayon, tout retenir sur des feuillets balayés de quelques coups de pinceau mouillés d'aquarelle de ce qui, en elles, allumait tellement son désir.

Cet Orient-là n'était pas celui d'Ingres, c'était celui de ses terres profondes. Et comme il en est en amour quand, au premier effleurement, le corps de l'un reconnaît le corps de l'autre, l'Orient du voyage s'était ajusté à celui-là. Aux portes du bateau, à l'instant, la lumière avait dévoilé des couleurs, des éclairages déjà éprouvés par lui.

Où et quand, connus ? D'où lui était venue cette *connaissance d'avant*, ce don de divination plus opérant qu'une plongée dans les vapeurs de haschich ? Et, sacredieu, qu'allait décréter cette fichue engeance du Salon au vu d'un tableau qui délaissait le grand genre historique pour s'alanguir dans la tiédeur d'un appartement de femmes ? Florentine n'y avait pas jeté un coup d'œil, quand elle tournait autour avec la bassine d'eau.

Elle ne donnait plus signe de vie.

À deux reprises, il était allé voir dans le quartier du bateau-lavoir. La deuxième fois, il se décida à enquêter.

Le vent soufflait fort du sud et les lessives claquaient, une flotte blanche de mousselines de fenêtres, de chemises de femmes, de tabliers de bouchers, de draps, sur de grosses perches de bois élevées au-dessus du fleuve. Les lavandières s'appelaient à voix criardes, en haussant les mâts de séchage chargés du poids des étoffes trempées. Il les héla en demandant à voir Élise. Elle arriva clopin-clopant, importante, souriante et flattée de sa visite.

« Élise, je cherche Florentine Victorine Galien, celle qui m'avait monté mes chemises.

– Florentine ? On l'a vue par ici pas plus tard qu'hier. Elle a laissé des toiles à laver. C'était plein de gras d'onguent, on va s'en voir pour le sortir.

– Quel est son travail en ville ? »

Étonnée par la nature directe de la question qui n'était pas dans les habitudes de son client, Élise jugea qu'il fallait rester sur ses gardes. Elle feignit de chercher, prit à témoin les autres qui n'en avaient aucune idée et éluda.

« Son travail ? Elle bouge, elle arrête pas de bouger. Florentine, c'en est une qui remue ! »

Le peintre comprit qu'Élise avait des clartés qu'elle ne livrerait pas. Il la laissa et, à la passerelle, il continua à chercher. Et de dos, soudain, il la vit. Elle. La pèlerine, la démarche, les cheveux de lumière.

Elle s'en allait sur l'autre rive. C'était là-bas, il le savait, qu'elle dormait. Dès le premier jour, il avait su qu'elle lui mentait.

Il suivit la silhouette à distance et brusquement, dans une rafale, les pans de sa pèlerine volèrent, s'ouvrirent, découvrirent le ballonnement de jupes d'une vive couleur garance. Le ton était éclatant, l'ampleur importante, ce n'étaient pas des jupes de servante, ni des jupes pour aller à la commission. Même les bourgeoises ne portaient pas de vêtements de ville de cette sorte. Il doutait de sa vision. Il pressa le pas, mais à l'instant un passant fendit la foule, en interpella un qui venait en sens inverse, lui fondit dessus et se mit à le cingler avec son ceinturon. L'autre sortit un couteau. Il tentait de le lui fourrer dans les côtes. Les porteurs, les vendeurs, les badauds, telle une troupe de mulots affolés, s'échappaient en hurlant. La précipitation du mouvement imprimait un ébranlement dangereux au pont de fonte.

Comme les autres, il courut. Il se retrouva rive droite. La pèlerine n'était plus là. Son imagination volait. La pourchassait dans la foule, la rejoignait à travers les venelles enchevêtrées autour de la suspecte rue de Langlade, montait jusqu'à l'un des petits appartements borgnes dont il avait parfois poussé la porte. C'était donc là, dans un de ces repaires douteux aux lampes fumantes et aux divans de damas fatigués, que vivait Florentine. Qu'elle s'habillait de jupes qui la doublaient de volume. Au fond d'une de ces rues larges comme deux mains, où les clients, attirés par les promesses des rabatteurs, allaient s'allonger sous les caresses des filles. Car qui pouvait croire que, vêtue de cette façon, elle fût servante ? Indéniablement elle avait à voir avec ce monde de traquenards et de petites escroqueries. Restait à saisir jusqu'à quel point et comment on l'utilisait. Ses manières n'étaient pas ordinaires. Elle ne parlait pas communément, elle savait lire, elle avait des dons de télépathie. Alors ?

Il contemplait la rue envahie et sale qu'un crieur public réveillait en scandant le nom d'un cabaret nouveau. Questions, suppositions déferlaient dans sa tête, tandis qu'un soupçon commençait à lui venir. On utilisait les dons particuliers de Florentine. Une faction rivale avait envoyé espionner, dans l'atelier le plus controversé de Paris, cette jeune fille aux facultés étranges. C'était ça. C'était plausible, vu les circonstances. À l'heure où, contre l'avis de ses pairs, le ministre Adolphe Thiers exaltait partout le génie de son candidat, elle était chargée de recueillir *in situ* toutes précisions utiles sur le sujet. Des réflexions, des croquis étaient consignés dans les carnets. Pas grand-chose, certes, mais on pouvait mettre la main dessus.

On pouvait toujours les saisir, s'en inspirer ou, à l'inverse, les tourner en dérision et, avant l'heure des choix définitifs, s'en servir d'argument *a contrario* auprès d'instances dirigeantes hostiles.

Il marchait à pas de plus en plus rapides. Divaguait-il ? Du tout ! C'était le marché qui s'affolait. Dans les débordements de son ambition constructrice, Louis-Philippe avait lancé le signal d'une compétition forcenée entre les artistes. Au Palais-Bourbon, au Panthéon, au Louvre, à Versailles, à la Concorde, à l'Arc de Triomphe, les chantiers promettaient d'être gigantesques. Et les bourgeois suivaient le train. Ils voulaient des portraits, des bustes, des staffs, des guirlandes sur les lambris. Emportés par cette frénésie, copistes, burinistes, rapins de tout poil étaient sur les rangs pour ramasser du numéraire. Jusqu'aux sculpteurs qui modelaient des châteaux forts en saindoux pour les étalages des charcutiers. Toute la profession était au feu, mais la voie royale, la seule, c'était les commandes d'État, et être pressenti, c'était s'exposer *de facto* aux traquenards mortels des rivaux.

Alors, fausse servante, Florentine ? Elle n'avait pas précisé la raison de son absence. Elle n'avait pas fait savoir si elle reviendrait. Sans doute en connaissait-elle assez sur ce qu'elle avait à rapporter. Plus se multipliaient les hypothèses, plus il sentait le piège tendu.

Il se souvint qu'il avait reçu une invitation pour une loge privée aux Italiens. Deux sœurs anglaises très fortunées, très lancées, qui l'adoraient et répétaient partout que sa prestance et sa distinction faisaient excuser le désastre de sa peinture.

Il rentra se changer, fit une toilette pointilleuse qui le détendit, retrouva ses hôtesses au balcon garni d'asparagus et d'œillets blancs, d'où leurs visages émergeaient comme des figures de cire. Et, sans penser à rien, il se laissa emporter par les airs de Rossini. À la pause, il avala un brandy avec un député qui ne lui souffla mot du Palais-Bourbon. Aperçut sa cousine, la baronne de Forget, dans des remous de soie gorge-de-pigeon, les cheveux piqués de myosotis et de filaments d'or.

Elle lui attrapa le bras. Elle était pâle.

« Toi ! »

L'émotion de le rencontrer dans la foule arrêtait ses mots.

« Je ne pensais pas te voir ici... »

Elle eut un mouvement de tête vers les deux hôtesses qu'on ne distinguait plus et qu'elle connaissait.

« Toi qui te dis si seul, je te vois magnifiquement entouré...

– C'est temporaire, je sors très peu.

– Le Salon ? Tu ne dors plus, tu ne t'alimentes plus... Quand aurai-je le droit de monter à l'atelier ? Je veux voir.

– Bientôt… »

Il l'entraîna rapidement, ils descendirent quelques marches et s'arrêtèrent à l'écart. À Joséphine, à ce visage vibrant, à ce caractère fort du même sang que le sien, il pouvait se confier.

« Je n'ai aucun temps à moi. Le besoin que j'ai de produire ne me laisse pas en paix une seconde. Je vis enfermé.

– Mais heureux. Ta peinture t'offre tous les plaisirs.

– Et tous les tourments.

– Ne m'oublie pas, Eugène… Fais-moi savoir dès que ce sera possible. Je monterai. »

Il la vit s'éloigner presque à regret. Grisettes ou baronnes, les femmes s'accrochaient à ses basques. Joséphine, sa lucidité, son élégance, son intelligence, le touchaient plus que les autres, mais, pour l'heure, il devait s'en tenir aux douces filles de son âme, les *Femmes d'Alger*, mystérieuses comme les chats sauvages, et à la servante blonde qui ne donnait plus de nouvelles.

Il flâna un peu dans le quartier des Italiens, descendit le boulevard ruisselant de lumières, où des gandins en troupes s'apostrophaient d'un côté à l'autre avec de faux accents anglais, retrouva les quais. Une pleine lune énorme jetait un éclat grisé sur les remous du fleuve et sur les bateaux de foin arrêtés. On avait la sensation que la passerelle des Arts se balançait entre deux rives. Quelques traînards la traversaient encore. À nouveau, il crut identifier Florentine. Il voulut retourner en arrière, mais la fatigue et le doute le retinrent de se lancer à ses trousses. Il chassa l'idée.

Ce qui lui déplaisait, c'était la perspective de ne plus la revoir.

6

Il allait sortir. C'était un fait très ordinaire. On avait sonné. Il avait pesté contre l'imprévu, il n'était pas d'humeur.

« Je sors, je ne suis pas libre », cria-t-il, maussade.

Florentine entra. Elle avait son air de fière indépendance et cette expression d'attente dans le regard qu'il cherchait à éviter. Un broc en fer-blanc se balançait à sa taille.

« …Bonjour, monsieur. »

Elle n'en menait pas large, mais elle parla, car parler d'emblée était la ferme affirmation de son retour.

« Il y a un tombereau renversé sur le pont… le cheval est plein de sang. On ne sait pas s'il vit encore… »

Elle eut un frisson qui n'était pas feint et montra le broc.

« J'ai pris du bouillon. Il me faudrait une marmite pour le réchauffer. Que les odeurs sortent… »

Il la regardait fixement. Elle connaissait ce regard, c'était celui du grand tigre accroché au mur. Féroce envers sa cible lorsqu'il l'avait trouvée.

Il était assis sur le canapé, en train d'enfiler ses bottes. Il s'apprêtait à aller chercher du matériel chez le marchand de couleurs, quand le grelot de la sonnette avait tinté. Une cravate de soie orangée relevait la blancheur du plastron empesé. La redingote était posée dans ses plis, sur le dossier du fauteuil. Il venait de jeter un coup d'œil à sa mise et s'était jugé correct. Visage mat, rasé de près, sobrement élégant. Depuis que les boutiques de couleurs devenaient des lieux ouverts aux amateurs, parfois à des négociations, il veillait à sortir tiré à quatre épingles quand il partait en courses.

Il cherchait à saisir. Non pas elle, mais les tons de terre de sa pèlerine. Jamais de caraco clair, jamais de blancheur contre le cou pâle, mais ces bruns terreux de camouflage sous la pèlerine qui s'entrouvrait, tandis qu'elle soulevait le pot de bouillon. Le mot « camouflage » lui revint. À la retrouver éclatante sous l'enveloppe neutre, il tentait de refouler les indices passés au crible au sujet de la passante aux jupes garance. Pourquoi montait-elle et pourquoi aujourd'hui ? Il y avait peut-être eu un ordre donné. Et en quel honneur ce bouillon parfumé qu'elle lui présentait comme l'acquittement d'un droit d'entrée ?

Des rumeurs avaient couru Paris récemment, confirmant la notion d'offensives sourdes contre sa candidature. Elles ne pouvaient qu'amplifier les soupçons, mais avec le retour de Florentine ces arguments flottaient, désunis, inopérants, et au centre de tout elle était là, portant le pot de bouillon, innocente en apparence, résolue à on ne savait quoi d'urgent et de péremptoire.

Il alla chercher une écuelle, elle lui sourit. Ce sourire de vingt ans le cloua.

« Merci, monsieur. »

Le froid de la ville était entré sur ses vêtements. Elle était la beauté du jour clair. Elle paraissait transie. Frêle et frileuse, les cheveux nus poudrés de bruine, elle reprenait possession de lui, des lieux, elle se rapprochait du poêle, mettant tous ses soins à verser le bouillon d'or, à le poser sur la fonte chaude, à se redresser pour lui donner son sourire.

« Vous êtes dans les marinades, dit-il, cassé en deux pour brosser les bottes de cuir qui reluisaient déjà.

– Les marinades ?

– Moi aussi, j'ai fait de la cuisine. Depuis combien de temps n'êtes-vous pas montée ici ? »

Elle ne répondit pas. Elle n'avait pas à se justifier de ses absences. Il n'avait pas à l'interroger. Il s'en souvint, reprit la main très vite.

« …Je vous avais parlé de cette gomme d'arbre qu'on m'expédie depuis quelque temps de l'île de Madagascar… Ce fameux vernis, le copal. Je suis à peu près certain qu'on peut aussi l'utiliser dès la préparation des couleurs », dit-il avec un enthousiasme subit.

Parler de ses toutes dernières observations à propos du vernis le détendait. Il respirait plus largement.

« C'est ce que Monsieur cherchait ?

– Ce que je cherchais ? En peinture, on sait ce que l'on cherche une fois qu'on l'a trouvé.

– Je comprends.

– Vous saisissez cela, vous, Florentine ?

– Oui… Oui, monsieur. »

Ce ton. Le ton bref, entendu, accommodant. Pour l'inciter à livrer ses secrets de boutique ?

À observer de près son attitude et ses gestes, questions et doutes l'assaillaient comme des coups d'épingle. Mais le besoin le taraudait plus encore de retrouver le froissement de ses jupes dans la salle. La moiteur, les pas légers, les petits cheveux sortis du bonnet, moussant blonds sur la nuque. Et les réflexions. Les réflexions sibyllines. Il commençait à se dire que, tout compte fait, la fatigue avait bien pu l'égarer le fameux jour de la visite à Élise et que, dans la promptitude et le flou de la scène de la passerelle, il avait eu cent raisons de se fourvoyer sur l'identité de la passante aux jupes.

Traîtrise, espionnage ? Mais ses rivaux étaient-ils assez raisonneurs, assez malins, pour concevoir d'aller voler des idées dans des feuillets de travail ? Idioties ! C'était son cerveau qui délirait.

Il empoigna la redingote et, avec fougue, reprit, saisi par son idée :

« ...Avec ce copal, on doit pouvoir atteindre à cette intensité des glacis de Van Eyck, dont Van Eyck n'a laissé le secret à personne... Je suis la piste. Elle semble bonne... Quant à ce qu'on cherche à nous fourrer en ce moment, dit-il avec un haussement d'épaules, écartant le chat qui se coulait vers la bouteille d'huile... un nouvel outremer en place du vieux bleu de Prusse, bon, pourquoi pas. Mais dans dix ans, dans un siècle, quelle évolution ? Quelle tenue ? Berthelot et ses chimistes font les sourds, et pour cause. Nous sommes dans la purée de pois ! Je vais voir avec Haro... »

Il s'était levé et prenait ses gants. Écoutait-elle ce qui le faisait vibrer ? Épiait-elle ou était-elle ailleurs ? Souple, cassée en deux, elle ramassait des bouts de vieille mine de plomb roulés à terre. Il admirait la courbe de la croupe.

La voix d'eaux courantes, brusquement, le rejoignit.

« J'ai prié pour que les tableaux de Monsieur soient acceptés au Salon du Grand Louvre. Ce matin, j'ai allumé un cierge à la chapelle de Notre-Dame du Bon Secours. »

Rapide, la phrase avait couru d'un bout à l'autre de la pièce. Il eut une vision. Il vit Florentine, suivie d'un sillage luminescent, poussant la porte d'une chapelle sombre, que son entrée éclairait.

« Vous êtes fervente ? » demanda-t-il sans trop savoir ce qu'il disait.

La question n'avait aucun sens. Il la regrettait. Il s'était laissé prendre. C'était cette voix, son timbre, comme toujours. Il alla prendre un dossier, tassa le contenu, ajouta des papiers, mit le tout dans sa besace.

Et il entendit la voix lui répondre très bas, enfantine, sincère, en confidence :

« Je ne suis pas pieuse. Je prie Notre-Dame du Bon Secours. Elle répond aux appels. »

Il ne put s'empêcher de dire :

« J'avais cru comprendre que vous ne regardiez pas les toiles, ici. Jamais. »

Un bouillonnement de sang monta au visage de Florentine, elle respirait à petits coups haletants, elle dit précipitamment :

« Si. Oh, mais si ! Les toiles m'ont manqué. Je les voyais tout le temps. »

Jamais elle n'avait parlé des toiles, il avait beau chercher. Il fit un moulinet du bras, esquissa deux pas vers la porte, se retourna. Elle ne saisissait pas ce que signifiait ce geste, cette fuite. Elle regardait les mains de peintre, fines, nerveuses, agripper les bords de la redingote. Et, soudain, il dit :

« J'ai peint une Vierge quand j'étais jeune rapin.

– C'était pour une église ?

– C'était une commande.

– Ce n'était pas le choix de Monsieur ?

– C'était ma toute première commande. Géricault me l'avait cédée. Je n'ai pas oublié. On n'oublie jamais une première commande.

– On doit avoir du plaisir. »

Il sentit une certitude dans l'intonation. Il la transperça du regard.

« On a de l'ardeur et de la rage pour avancer... »

Face à Florentine, à ces yeux qui s'étoilaient, à cette exigence curieuse qui ne craignait pas de revenir à la charge, il parlait comme s'il s'adressait à lui-même.

« La mort de Géricault a été un drame... Quand j'ai su que cette chiennerie de blessure avait eu raison de sa vie, je suis allé à l'atelier. Je voulais des esquisses de lui... Je me sentais son jeune frère... Il s'étonnait que le dessin me sorte de la main, qu'il bouillonne. Chez lui, c'était le contraire. Tout venait par morceaux. Quand il passait, il s'asseyait sur un tabouret, à califourchon, il me regardait faire... S'il avait vécu, il aurait produit plus foudroyant encore que son *Radeau*... »

Sa voix fléchissait sur les mots. L'émotion l'arrêtait. Florentine, sans y prendre garde, s'était rapprochée.

« J'ai posé pour Géricault… L'homme affalé au premier plan du *Radeau de la Méduse*, c'est moi… À voir ce qu'il trouvait, je devenais fou… fou de stupeur, fou d'admiration… Qui sait si cette toile n'aurait pas été une prémonition ? Parfois je me dis que, par le geste du naufragé, il suppliait Dieu de le laisser peindre. Il m'arrive d'avoir ces idées. Mais les cierges, les prières, non, très peu pour moi… »

Il avait gardé la main posée sur le loquet de la porte. Il fit volte-face.

La commotion à laquelle il ne s'attendait plus l'atteignit, rapide, brutale : la pèlerine brune était suspendue à la patère. Elle s'ouvrait. De la poche intérieure dépassait, chiffonné, un ruban couleur garance.

7

C'est vrai, l'atelier a cette haleine quand on revient après un temps, constatait Florentine. Huile, colle tiède, vernis, cendre refroidie. Eau de violette ou d'œillet, c'est selon, portée par lui quand il sort dans le monde. Tout à la fois, par moments.

Au presbytère, pareil, on sentait à l'ouverture de la porte : varech, laminaires séchés, en tas énormes dans la souillarde. La mer était là, enfermée à triple tour avec l'odeur d'encens qui alourdissait la tête.

Là-bas aussi on entassait, même si le curé n'aimait pas ces manies d'avares. Si, sans lever la voix, il le disait. Mais la sœur du curé avait des mains de ramasseuse. De ramasseuse et de tireuse de cartes. Deux fois la semaine, elle allait exercer ses dons au bourg, dans l'arrière-boutique du pharmacien, une pièce sombre comme le charbon, qui sentait la mousse et le crabe pourri. Les clients restaient debout, à l'entendre donner les décrets du destin. Ils étaient muets et dociles. Elle les tenait tous comme on tient un troupeau. À ces heures, ils l'appelaient la Devine. Son associé dans l'affaire, c'était le pharmacien. Il venait, il apportait une lampe à huile sur un plateau pour bien éclairer les lames. Il se payait ensuite en retenant un petit quelque chose au passage et il la rétribuait avec de l'alcool, quelquefois même du sucre ou un bâton de vanille. Elle cachait ça dans sa chambre. Et à Pâques, ou à d'autres fêtes du calendrier, elle apprêtait les fruits du bocal avec ces ingrédients. Le curé disait : « Nous sommes heureux, c'est excellent », il ne cherchait pas à savoir d'où ça venait. Il rendait grâces au Ciel.

Florentine traînait encore un peu pour se mettre au récurage de la casserole de la détrempe. La mixture avait fortement attrapé, le fond sentait le roussi, il allait falloir insister au tampon de fer. Après ces semaines d'absence, elle avait du mal à retrouver l'ardeur.

Autour d'elle, des murmures montaient, des vibrations, une attente du côté des fauves, mais elle restait en lisière et, à jeter seulement des coups d'yeux rapides ici et là, elle constatait qu'il avait dû essuyer de sérieux orages en son absence. Que sa pâte épaissie avait lancé des assauts effrayants – incendies, crinières déployées dans la vitesse du galop, champs de bataille, cavaliers portant la mort au milieu des agonisants. La guerre. Et les chevaux, toujours les chevaux !

Et puis, au contraire, celui-ci sur le chevalet. Radieux… Mon Dieu, celui-ci, sorti d'un rêve.

Bracelet d'or. Cheville. Coussin.

En s'approchant, elle s'aperçut que sa vision était là, discrète, rayonnante, accomplie, et elle sentit les larmes lui venir aux yeux. Le bracelet d'or était à la cheville de la femme assise à gauche. Et celle de droite en portait un aussi. Elle ferma les paupières, assaillie par une bouffée de plaisir, et elle se mit sans y penser à tourner sur elle-même, entraînée dans un mouvement lent, le corps habité par une cadence si apaisante que lui revenait le battement des vagues, par temps calme au presbytère, sous la course des nuages. Ses jupes volaient autour de ses reins. Douceur. Paix. Tant de suavité, était-ce possible chez lui qui jetait les chevaux vivants dans la gueule des lions ? Il s'était décidé à s'atteler à ça. À ce bel abri de clémence qu'elle avait vu luire à travers un bijou posé sur une peau tiède, à l'instant précis où il refusait ses propositions de service. Rideaux, faïences, femmes-fées perdues dans leurs rêves, leurs pieds nus posés sur des tapis de couleur.

Comme à l'accoutumée, elle devait se tenir au large de la toile pour garder son sang-froid.

Soudain, elle buta du pied sur une petite babouche rouge. L'un des modèles l'avait portée. Un modèle appelé à rester, quand on lui avait donné à elle l'ordre de sortir. Elle savait bien comment ça finissait, ces séances. Il l'écrivait en italien quand il avait eu du plaisir – *dolce chiavatura*. Il le griffonnait. Elle ne parlait pas l'italien, mais, Seigneur Dieu, pas besoin de le parler pour comprendre qu'à la fin, fourbu, ivre de travail, il retrouvait des forces neuves pour entraîner les femmes contre le poêle. Elles n'avaient même pas à faire glisser ce qu'elles portaient. Elles ne portaient rien. Ni gaze, ni châle. Sa main brûlante faisait courir des frissons sur leur peau nue. Peut-être même allait-il sortir pour elles le parfum de la malle. L'idée du parfum qui ensorcelle lui fit mal. Lui souffla d'aller voir si la malle avait été ouverte sur les gros flacons de senteur. Elle se dirigea vers la petite porte, traîna un peu devant, hésita et renonça.

Entre ses mains, il y avait la babouche rouge.

Elle l'avait ramassée sans s'en apercevoir. La petite babouche était si semblable à celle incrustée sur la toile qu'en retirant ses souliers et ses gros bas d'hiver, en glissant son pied nu à l'intérieur, elle eut la sensation de reprendre sa place dans le lieu.

Bonne pioche, Florentine, ne traîne pas, avance. *Quelque chose est en marche.* Elle s'entendait l'annoncer à Hyacinthe avant de sortir. Elle s'entendait le dire autant qu'elle pouvait le dire, et elle voyait l'expression de l'oncle. Il jouait l'incrédule, mais il comprenait. Les lames sorties du jeu, ce jour de grand froid sur Paris, avaient repoussé à jamais les bornes qu'il entendait poser autour de leurs vies.

Impatiente, anxieuse, elle boitillait d'un coin à l'autre de la salle, à la recherche de la babouche jumelle pour la chausser. Elle la trouva, la secoua pour la vider de l'invisible présence de l'autre, celle à deux sous la séance, logea le pied dans la cambrure et fila vers le coin opposé.

Vers cet emplacement où reposait, dans l'oubli, l'immense toile mise au rebut.

La toile dans l'ombre était une vaste demeure violentée, fermée aux visites.

Il l'aimait plus que les autres. Il ne le montrait pas. Il ne tolérait pas de voir quiconque en approcher.

Elle, elle le faisait.

Et, à mesure qu'avec d'infinies précautions elle le faisait, lui revenaient les mots du juge, les mots terribles saisis aux abords du Louvre. C'était un an en arrière, un peu plus même, déjà. C'était avec Hyacinthe qu'elle était, ce fameux jour, lui tenant le bras, tous deux unissant leurs efforts pour se tailler un chemin à travers la cohue qui s'écrasait dans le déballage des tableaux. Ils arrivaient en masse des petites rues autour du musée. Pêle-mêle au milieu des grincements de charrettes, des chevaux, des jurons de déménageurs, des curieux, venant de tous les ateliers, s'avançaient des cargaisons de toiles emballées dans des draps et qui, une fois dévoilées et passées au crible, seraient acceptées ou jetées au fond des réserves.

La toile s'appelait *La Mort de Sardanapale*, voilà ce qu'ils entendaient en avançant. « Quel scandale ! accusait le petit juge marchant non loin d'eux et citant la toile qui n'était pas de cette année-là… Ces femmes nues qu'on égorge sous l'œil du tyran qui jouit du spectacle ! Il faut avoir une âme de bourreau soi-même pour imaginer une telle horreur. »

Bourreau. Le mot était revenu à la mémoire de Florentine, quand le peintre l'avait vouvoyée, le jour de son entrée avec le ballot d'Élise. Le vouvoiement, et la beauté aristocratique, et l'attitude distante, et quelque chose de plus qu'elle n'aurait su dire, qui l'attirait tout en l'effrayant, avaient fait remonter à la surface le mot : *bourreau*.

Elle s'était souvenue du grand pré bordé de pommiers, en Normandie. Non loin du presbytère, il y avait un éleveur de chevaux très riche, très bel homme, excellent cavalier, qui vouvoyait ses animaux et les montait avec panache.

Un soir de juin, il avait mis son meilleur coursier dans une sorte de cercle cérémoniel en lui tournant autour. Et tout en l'appelant par son nom, avec des accents d'amour éperdu, il s'était mis à le battre comme plâtre. Il persistait, persistait dans un mouvement mécanique, continu et fatal, comme s'il ne pouvait agir autrement, comme si là était son devoir, et lançant, des larmes dans la voix :

« Défendez-vous, Goémon. Vous êtes crâne, défendez-vous, enfin ! Je vous somme de vous défendre. »

L'animal le regardait et semblait compatir, répondait aux assauts par des tressaillements courts, répétés, en une sorte de langage improvisé et d'ultime approbation amoureuse qu'il offrait à la folie du maître. C'était un magnifique alezan cerise. Il s'était écroulé sous leurs yeux, au curé, à la sœur du curé et à elle. Mort.

L'homme-bourreau, ses façons de grand seigneur, son charme perfide, sa voix, son jeu avec la mort étaient revenus à l'instant de ce vouvoiement du peintre. Elle avait frémi, mais elle s'était engagée.

Et maintenant, entrer dans le tableau.

Elle se planta sur ses deux jambes, les mains sur l'estomac pour bien prendre ancrage en elle-même. Elle attendit. Elle regardait. Il y eut un ébranlement sonore, suivi d'une secousse.

L'atelier devint un jouet entre les mains d'un géant.

Elle fit deux pas de plus vers la toile. Il s'en échappa une écume de couleurs qui l'éclaboussa et, dans un vacarme assourdissant, une mêlée de femmes cabrées et de chevaux à crinières de femmes vint s'écraser contre l'écorce de son corps. Tout ce qui miroitait, bruissait, frémissait, les pelages, les cuirs, les bijoux, l'aiguière d'or, les muscles luisants de l'esclave noir, la soie rouge offerte à l'œil du prince attendant la mort, tout cela, pêle-mêle, voulait l'atteindre et l'assaillait. Elle avait la gorge serrée, les paumes brûlantes. Et les somptueux carmins, les roux, les roses, les grenats, les orangés, les ors, affrontés aux verts et aux gris plombés, s'échappaient autour d'elle comme des étoiles filantes, montaient au plafond de l'aquarium géant, se pénétraient, emplissaient l'air avant de retomber en ondulant contre sa peau.

Soulevée, traversée par ces fluides d'où surgissaient d'autres fluides, d'où s'enfanteraient d'autres toiles, des batailles et des femmes terrassées et des luttes de chevaux sauvages et des soldats en course et des fauves à l'arrêt, des scènes emboîtées à l'infini, elle résistait pour se tenir droite. Assiégée, mais solide. Fière. Fière, elle pouvait l'être, de s'être fixé une échéance et de l'avoir respectée à la lettre.

Elle s'écarta un peu, ferma les yeux, mais une seconde vague l'atteignit.

Le centre de la toile s'élargissait immensément. Il disait une autre histoire, nouvelle, inconnue. L'important dans la scène n'était pas le prince allongé sur le lit, c'était le couteau qui s'approchait du corps de la femme, et la femme brune, mate et nue, ne redoutait pas l'horreur, elle l'attendait, elle était en extase, son corps, son âme vibraient. Et cette extase faisait tourbillonner l'air dans la toile, mettait en branle les chevaux, les cuirs, les parfums, les vases. Et ce couteau, c'était Monsieur. Le couteau, c'était lui ! Lui. Le peintre. Le bourreau. Le bourreau. Elle ne comprenait pas trop l'insensé de ce qui lui venait. Cela lui mettait le corps en feu, la forçait à regarder encore.

Elle respira, attendit un temps pour se remettre.

Merci mon Dieu. Merci au ciel de ma naissance. Merci à tous les saints. Elle avait plongé dans les entrailles du tableau, elle s'était mariée aux fluides des couleurs. Elle avait l'œil le plus ouvert qui fût pour prendre ça à un homme de la stature du peintre, le porter en elle ensuite et l'utiliser.

Le charivari commençait à s'apaiser. Personnages et décor s'évanouissaient dans un bruissement doux de fin de pyrotechnie. Le calme revenait dans l'atelier. Il y aurait d'autres plongées dans les toiles. Il y en aurait assurément, mais il faudrait bien décider du moment. Cela se passerait aux meilleures dates des meilleurs saints, comme cela avait été le cas, ce jour de septembre, dans le fracas des vagues qui se brisaient contre les marches du presbytère.

8

Dans la misérable bâtisse où murs et chaises pourrissent sous l'attaque du salpêtre, un trésor, un livre d'heures enluminé, a été caché au fond du pétrin. On l'a rangé contre les pains d'un mois et enveloppé dans trois tours de drap pour le protéger de l'humidité. La cachette est bien trouvée. La sœur du curé est la seule à venir au pétrin. L'honneur de cette garde exceptionnelle lui a été confié par l'évêché de Rouen et confirmé officiellement dans un courrier cacheté à la cire. Ils ont été choisis, son frère et elle, en raison de la disponibilité dont ils font preuve envers toutes causes, fussent-elles obscures à leurs yeux. La sœur du curé l'a annoncé en coupant du vert de blettes pour la soupe.

« Écoute-moi, Jules Auguste… Toi aussi, Florentine… Nous avons à garder chez nous, jusqu'à nouvel ordre, un livre d'heures de plus de cinq cents ans d'âge. »

Florentine interroge, elle lâche le légume qu'elle est en train de gratter.

« Qu'est-ce que c'est, un livre d'heures ?

– Un livre précieux qui contient toutes les heures de la vie », dit le curé, la voix remuée.

Florentine perçoit l'émotion dans cette voix. Elle le regarde comme elle sait regarder, parfois. Il voit sa curiosité. Il se lève, il marche vers la fenêtre où d'énormes nuages gris montent de la mer. Il retrouve ce dont son esprit a gardé l'empreinte, la somptuosité des images peintes évoquées par un visiteur au petit séminaire. Il dit pour la petite :

« Dans ces livres, des hommes de ce statut particulier qu'on appelle les *peintres* mélangeaient des pierres broyées, de l'or, des fluides, des jus de plantes, bref ils collectaient le plus rare pour préparer ce qui allait se mêler aux textes et aux prières. »

Il va de la fenêtre à la table en parlant.

Florentine lui emboîte le pas comme s'il transportait quelque chose avec lui. Elle voit miroiter la mixture des peintres. Le lapis-lazuli en poudre, l'or ramolli, les extraits crépitant de couleurs emplissant à pleins bords un récipient géant et, sous la pluie des coups de pinceau, elle voit sortir tout ce qu'énumère le curé. Des astrologues sous les étoiles. Des démons couverts d'écailles rouges et des saints en extase dans des jardins de narcisses. Des châteaux avec des bassins de marbre et des paons sur les marches d'escaliers. Des jeunes filles en robe verte. Toutes les saisons à la fois. La sœur du curé les sent perdre la tête. Ils délirent. Elle tousse pour arrêter la logorrhée, elle s'exaspère en écrasant à la fourchette les raves qu'elle a mises à blanchir. Comparée à leur chaudronnée féerique, sa soupe, sa pauvre soupe n'existe plus.

« Tu improvises, Jules Auguste. Toutes les saisons à la fois ! Tu n'en as jamais eu sous les yeux, de livre d'heures. »

Il ne répond pas. Il n'entend rien. Florentine entend tout, elle écoute. Elle réfléchit tant que la sœur du curé s'en aperçoit, qu'elle se méfie de l'attention de la petite, de son don de divination, de son goût pour le caché des choses, de ce qu'elle va y pêcher et qui la nourrit dans le silence. Elle sait que son frère a trop bien parlé du livre d'heures.

« J'avais prévu que nous l'ouvririons ensemble. Mais, avant, j'ai consulté.

– Consulté ? Consulté quoi ? » bondit le curé.

Elle a un sourire enjôleur. Elle attend, pour les tenir sous le pouvoir de son regard sombre et casser le jeu qui les envoûte.

« Consulté les cartes. J'ai fait une petite divination.

– Tu as recommencé. Une divination ! »

Le curé ne supporte pas l'idée qu'on fouille les destins, il l'a dit. L'homme doit se tenir debout dans les coups de tempête. Seul croire devant Dieu est important. Aucune béquille, aucune aide, pour les gens de foi.

« Je croyais que tu avais banni depuis longtemps ces pratiques de bohémienne !

– C'était très court, je ne me suis pas appesantie, rassure-toi », dit-elle avec une candeur d'enfant.

Et ses mots, son ton, l'apaisent comme ils l'apaisent toujours. D'autant que le curé n'a jamais eu vent des interventions chez le pharmacien. Il ne sait pas que le choix des cartes n'est pas anodin, loin de là, qu'il s'agit d'un flamboyant jeu de tarots de Marseille et de tous les pouvoirs occultes propres à sa nature. Le curé ignore pareillement que Florentine a été initiée, qu'elle est plus douée encore que la vieille femme pour la lecture des lames, il ne sait rien de ces à-côtés qui corsent la vie, de tout ce qui bouillonne dans les pièces obscures du trop vaste presbytère.

« Et bien m'en a pris, dit la sœur du curé dont le ton s'émousse, ce qui arrive rarement, ce que tous deux ils remarquent et dont ils s'étonnent autant l'un que l'autre... Les cartes ont été formelles. Nous ne devons pas ouvrir ce livre.

– Je veux le voir, moi ! »

La vieille femme pose sa petite main rêche sur celle de Florentine. Sa voix se fait ferme, sans sévérité.

« Non. Cette beauté nous est interdite. Il y a des limites qu'on ne franchit pas. Nous y penserons comme on pense aux choses dont on ne s'approche pas. »

Le curé ne dit mot. À l'instant, Florentine a un geste. Concentrée, muette, elle coupe une côte de blette avec un petit couteau aiguisé, elle s'en sert comme d'une hache au bord de la table et on voit les myriades de morceaux tomber sur le sol de terre battue. Écrasés, inutilisables. Massacrés.

*

* *

Pendant une longue semaine, avec une énergie que rien n'émousse, certaine qu'elle tient là quelque chose, Florentine a cherché la cachette.

Elle a tourné dans le vieux presbytère, cherché sous les paillasses, sur le rayon des missels et des cierges à demi consumés qui l'effraient un peu, car ils ont veillé les morts. Elle a fouillé dans les ornements à fils d'argent et à broderies qu'on garde dans le froid de la sacristie pour les protéger des mites. Et ce jour de septembre de la Saint-Michel, elle est tombée sur le livre. Elle a ouvert une page et lentement regardé, jusqu'à épuisement, sans songer à passer à l'autre page, les tons, tous les tons de ciels, de prairies, de manteaux, de robes, d'auréoles, de lettres en écrin d'or, papillotant devant ses yeux comme des irisations de bulles qui n'auraient jamais éclaté à l'air. Qu'un sort aurait gardés vivants cinq cents ans dans le corset de la reliure, jusqu'à ce que sa présence les fasse jaillir.

Les personnages et les décors sont là, imaginés par les peintres. Tout ce qu'a cité le curé est là, plus enchanteur encore qu'elle ne l'imaginait. Et puis, c'est elle qui donne vie au livre. Elle s'aperçoit que c'est elle et, à faire ce constat, elle se fige. Hypnotisée, elle sent le flot des couleurs entrer en elle et rester. Les larmes qu'elle s'interdit lui coulent sur les joues, le cou, les lèvres, dans les cheveux. Hormis à l'heure courte et somptueuse où le ciel flamboie au-dessus de la mer, elle n'a jamais vu ces couleurs. La beauté du livre dépasse au centuple l'intérêt des lames. Elle sait, elle apprend que le monde est VOIR. Voir est sa voie et peut-être davantage, elle doit poursuivre, mais comment ? Il n'y a personne pour répondre. Le monde est muet, fermé, et elle est très seule, très jeune, elle ne l'ignore pas, et ce qui sort du livre sans se dévoiler laisse échapper des éclairs d'allégresse. Elle jubile à travers ses larmes. Elle comprend qu'elle n'est pas comme les autres, elle l'accepte. Et elle se dit en sanglotant que malgré tous ses malheurs, malgré sa mère morte et son père ivrogne, et elle élevée par ces gens qu'elle n'a pas choisis, le curé avec sa figure de meneur de charrue, la sœur du curé avec ses pratiques secrètes, malgré les murs branlants du presbytère, elle est heureuse, puisque ses yeux la mènent au train fou des couleurs.

Elle sait qu'elle reviendra, à dates régulières, ouvrir les pages du livre d'heures. Le curé et sa sœur n'en sauront rien. Eux, ils gardent le trésor sans l'ouvrir, c'est leur part, la part aveugle de l'aventure, ils l'ont acceptée.

9

Loin de l'esprit de Florentine, pour l'heure, étaient le presbytère, le livre d'heures et son contenu. Il régnait sur le coffre de l'atelier un désordre de volumes, de gazettes ouvertes et d'écuelles sales. De l'ensemble se dégageait une sensation de déshérence. Ébranlée, encore vacillante après l'équipée sauvage à travers la grande toile tenue à l'écart, elle commençait seulement à s'en apercevoir. Le temps reprenait son cours.

Dehors, il faisait doux depuis le matin. Elle aéra, rangea, lava et, quand ce fut fini, elle aperçut un gilet de couleur verte abandonné sur un tabouret. C'était un vêtement élimé, mais de très belle étoffe. Les bords s'effrangeaient, la doublure était décousue dans le bas, il avait dû être porté souvent dans les soirées en ville.

Elle le prit, sortit ses aiguilles et se carra dans le fauteuil.

Ravauder le gilet du soir qui accompagnait le peintre dans sa vie de civilité, à petits points reprendre les bords en traversant l'étoffe, transpercer son arrogance, embrocher son impassibilité, s'adonner à plein à cette occupation et jouir de cette prérogative dans le souffle qui venait de l'odeur de son corps soigné, lui donnait chaud. Il avait interdit qu'elle touchât aux habits de soirée. Il avait dit qu'il les confiait à une lingère en chambre. Il avait été formel au sujet des vêtements. Mais ce qu'elle voulait, précisément, c'était les prendre en main, ces vêtements. Lui absent, elle devenait maîtresse des lieux.

Elle posa le gilet, entra dans le cagibi. La crainte n'eut pas le temps de lui lier l'esprit. La porte s'ouvrait, il revenait, pressé, les bras chargés de matériel. Elle l'entendait tousser. Il ôtait la redingote, passait son surcot, se servait une tasse de bouillon, se brûlait les lèvres en marchant vers le chevalet. S'arrêtait. Regardait.

Devant lui, la toile aux senteurs d'Orient laissait couler son temps étale, différent de celui de la rue. Sur le moelleux des coussins et des tapis, les femmes n'en finissaient plus de se prélasser. Depuis quelques jours, la reprise à l'huile était bien engagée sur la toile. La pâte encore souple permettait de revenir à volonté sur les frottis.

Le visage écrasé contre le fenestron, Florentine attendait l'attaque. La gorge serrée, elle s'apprêtait à sauter avec lui dans le vide. Son fil léger s'engageait dans la faille profonde où, incandescent, il allait descendre. Si liée à sa vie, si présente à chaque phase du travail, elle n'avait jamais osé surveiller ses gestes quand il se trouvait dans le cercle sacré. C'était un événement considérable que de se décider à le faire. Me voici, moi Florentine, j'ai sauté dans le coche, la place est retenue. J'ai payé, voilà un moment que je paie le gros prix !

Il avait pris la palette et faisait mousser un rouge avec de l'huile.

En se haussant, elle voyait que c'était un brun-rouge chaud.

Il brassait le mélange. À l'aide d'une large brosse, il repassait sur les frottis. Il épaississait. Il amincissait. À la brosse moyenne, il tamponnait. Aussi vite qu'il défaisait, il refaisait. C'était à volonté. Il osait. Il pouvait. Son souffle devenait haletant, son corps dur comme un tronc d'arbre érigé. Reflets, reflets irisés, violet sourd derrière le gonflement du rideau. La seconde brosse avait incurvé la surface et, avec le brun-rouge, unissait le vert au violet, fondait les tons, les étouffait jusqu'à les changer en noir chauffé de pourpre. Elle ne suivait plus la vitesse du poignet. Entraînée par le ballonnement du rideau qui s'agrandissait au-dessus des femmes, elle aurait voulu s'y allonger, réduite à la taille d'un elfe et frôlée, encore et encore, par la main toute-puissante.

Voilà ce qu'elle se disait, haussée sur la pointe des pieds, sans prendre garde aux remous que cela mettait dans l'atmosphère. Amarrée à lui, aux mains magiciennes qui faisaient entrer la chaleur d'Afrique dans l'atelier d'hiver, elle respirait du même souffle. Une fois, deux fois, de l'autre côté de la vitre, il s'interrompit, croyant percevoir un battement entre les murs. Il jeta un regard autour de lui. Aucun oiseau prisonnier entre les murs. Qu'est-ce qui l'entravait à ce point ?

Elle soupira. Et elle remua un bras.

Il leva le regard, desserra son écharpe, retourna se servir une tasse de bouillon. Quelque chose l'interrompait. Au retour de chez le marchand de couleurs déjà, la ville lui avait paru hostile et, à l'ouverture de la porte, il avait trouvé l'atelier fermé à sa présence. Ce n'était pas rare après le ménage. Il avait plaisir à travailler dans une salle rafraîchie, mais incessamment tout se déréglait. Il y avait comme une compétition de pouvoirs – vibrations, ondes en mouvement, ectoplasmes invisibles brouillant les courants et gênant la progression.

Il s'aperçut que le fauteuil n'était pas à sa place et pensa à celle qui avait tout bousculé. L'atelier était d'une netteté parfaite, mais la question resurgissait. Pourquoi était-elle revenue ? Et les jupes garance, soulevées par le vent, elle ou pas elle ? Le ruban sortant de la pèlerine ? Lui, le juge suprême des couleurs, lui accusé d'idolâtrie envers leur pouvoir, il ne pouvait se tromper sur une appréciation de ton : le ruban était de la même étoffe que les jupes de la passante. Et de cette passante somptueusement vêtue, si c'était elle, de celle-là qui faisait de son atelier, en deux ou trois heures de fourbissage, un refuge où s'évanouissaient toutes les incommodités de la vie, mais non les doutes qu'elle y introduisait, de celle-là il ne savait rien. Rien.

Il ne peint plus. Qu'est-ce qui lui prend ?

Elle se déplaça sur la malle, curieuse de comprendre ce qui se passait. Les sangles de cuir crissèrent. Il entendit. Il bondit. Il alla au cagibi. Elle était là. Il savait.

Pause. L'un et l'autre, pétrifiés, à quelques pas.

Lui, pâle, incrédule, le visage renversé en arrière, la voix blanche :

« Que fais-tu ici ? »

Elle, digne, grave, maîtresse d'elle-même. (Il me tutoie. Pourquoi maintenant ? Répondre cette fois, cette bonne fois, ne pas fausser la vérité, oser, tout oser, c'est le moment ou jamais.)

« Je suis là. Je regarde Monsieur. Je regardais le plus que je pouvais Monsieur peindre. »

(Avec lui, pendant sa peinture, nécessaire de répéter, parler à voix distincte, redire, ne pas hésiter, ne pas craindre, ne plus rien craindre...)

Ne pas délivrer tout du lourd secret non plus.

À cette heure, c'était une chose qui était obscure, qui devenait obscure pour elle-même aussi. Innocente et très pure dans son défi, elle insistait sur chaque syllabe. Et elle le voyait, lui, retiré à tel point dans sa stupéfaction blessée qu'il ne présentait plus rien de la froideur du maître. Choqué, muet, Monsieur. Elle le voyait, sa brosse à la main, meurtri comme l'avait été le curé quand elle s'était enfuie trois jours pour ramasser des nacres avec les pêcheurs.

« Tu es indigne de ma confiance. »

Et puis encore :

« Je ne peux pas te garder dans ces conditions. »

La colère le submergeait, mais, tout en prononçant l'arrêt, il gardait dans l'oreille la passion qui avait vibré dans la réplique de Florentine. De quelle nature, cette passion ? À éluder, à comprendre, la faire accoucher, mais, bon Dieu, sans lui dévoiler les questions ni les élucubrations qui lui traînaient dans la tête à son propos quand elle s'absentait.

« Je te révoque ! Tu n'es plus employée ici.

– Monsieur n'avait pas parlé d'une place. On avait dit un essai, pas un engagement... On avait dit...

– Je sais ce qu'on avait dit. Tu n'es tenue à rien. Moi non plus.

– Quand je suis rentrée, dit-elle en montrant le cagibi ouvert, j'avais fini le travail. Vous vérifierez. »

Fluette et inflexible. Elle résistait, elle aussi savait débattre. Elle ajouta :

« J'avais terminé, monsieur. »

Elle attendait une réponse qui ne venait pas et, à le voir s'éloigner à pas rapides et fermes comme s'il voulait pénétrer le sol, elle n'était pas rassurée. Mais voilà qu'il revenait, il portait une enveloppe. C'était de celles, épaisses et blanches, doublées de gris, qu'il envoyait au ministère du Commerce et des Grands Travaux. Il avait dû y mettre l'argent des poussières.

« J'ai apprécié la qualité de ton travail. Ce qui vient de se passer ne change rien. Dernièrement, des ventes m'ont donné un peu d'aise... Prends ce qui te revient, c'est ton dû. Je n'insisterai pas pour savoir ce qui t'a fait m'épier.

– Je regardais Monsieur, je l'ai dit.

– Il y a autre chose. »

Sous l'attention qui la fouillait, les yeux translucides étaient indéchiffrables. Elle eut un rire. Elle avait souvent de ces rires cassés et douloureux. Il aurait préféré ne pas les entendre à cet instant.

« Pas d'argent. Je l'ai dit.

– Prends l'enveloppe, c'est un ordre.

– J'ai dit que j'attendrais le Salon. Ce n'est plus si long… »

Malgré la fureur qu'elle lisait dans son regard, elle insistait. Et les arguments, d'autres arguments lui venaient, mais des secousses nerveuses de plus en plus intenses l'empêchaient de poursuivre. Elle s'avança, elle osa s'avancer vers celui qui entendait la chasser de son observatoire. Il la saisit violemment aux épaules. Il voyait les yeux longs dilatés, il les voyait d'une couleur inconnue, extraordinaire, précieuse, violâtre comme l'ombre qu'il venait d'épaissir, comme un caprice de couleur sorti de ses mains.

« Je ne veux pas partir, dit-elle, les jambes coupées. J'aime nettoyer ici… et lustrer les vêtements… Je prie pour que tous les tableaux qui se fabriquent soient acceptés. Vous aurez la médaille d'honneur au Salon du Grand Louvre, vous peignez mieux que les autres. Je les connais. J'ai vu leurs tableaux au dernier Salon ! »

Elle s'était mise à lui parler à la deuxième personne, d'égal à égal et d'autorité, l'autorité le disputant à l'émotion, surmontant la peur qu'il lui faisait. Elle n'avait plus peur, elle avait à parler du sujet qui lui importait. Et elle dit, balayant la salle d'un large geste :

« Ceux-là, quand je suis seule et que je les regarde… que je me mets toute seule devant… je tremble. »

Il y avait un étrange silence autour. Il la serrait contre lui.

Il serrait Florentine. Les cheveux de lumière lui brûlaient le menton. C'était peut-être ces mots à propos des tableaux qui faisaient monter à ce point l'exaltation et le désir en lui. À sentir son corps léger contre le sien, à ne plus la voir, à capter sa chaleur, sa résolution, son cœur battant, il éprouvait que, quelles que fussent les raisons obscures de sa présence, ils avaient un lien, quelque chose en commun depuis le premier jour, une entaille dans la chair qu'ils se cachaient à chacun, et parmi les pensées fusant en tous sens, une seule lui soufflait que cette souffrance était jumelle, que c'était ce regard de lui, ce regard d'elle posé sur les tableaux.

On entendait les chiffonniers hurler leur passage, en bas.

Les appels discordants leur emplissaient les oreilles. Elle haletait et lui luttait contre le piège du cœur qui cogne. Contre ce poison retrouvé de Caroline qui lui revenait dans le sang. Le désarroi le submergeait. Pas elle. Jamais celle-ci sur les coussins écrasés par les modèles. Il vilipendait en public les peintres qui prenaient des servantes maîtresses. Il l'affirmait dans les dîners d'hommes : « Nos servantes ne sont pas les modèles qu'on enfourche après la pose. Elles ne sont pas de même nature que les modèles puisqu'elles vivent du côté des tableaux. Nos servantes sont nos complices, connaissant tout de nos secrets et les emportant avec ferveur dans le demi-jour de leurs galetas. Elles sont sacrées. »

Sacrées ! Même s'il n'y croyait pas en ce qui concernait Florentine, il avait envie qu'il en fût ainsi et il se serait méprisé de violer des principes si solennellement proclamés. Mais alors, s'il fallait la chasser pour ne plus la désirer, s'il fallait vraiment la congédier pour apaiser des doutes cent fois fondés, plus jamais il n'irait traîner à sa recherche sous le linge claquant du bateau-lavoir, sachant qu'elle le provoquait, qu'elle l'intriguait, qu'elle vivait quelque part une existence qui l'habillait de jupes garance deux fois plus larges que celles des bourgeoises. Et que, un jour ou l'autre, la vérité éclaterait.

Il la lâcha. D'une voix blanche, il dit :

« Reviens demain. Nous poursuivrons cette conversation. Je t'attends.

– Oui, monsieur. »

Le ton était celui d'une enfant docile.

Elle s'éloigna. Elle fouillait dans ses cheveux pour éponger la moiteur des longues mèches. Comme toujours, elle les frictionnait. Il pensait à des incandescences. Elle le voyait la regarder, sous les cheveux. La lumière de la verrière l'éclairait comme elle éclairait les *Femmes d'Alger dans leur appartement*. Leur peau ambrée contre sa blondeur, leur indolence contre sa vivacité. Il ne les distinguait plus. Ici, toutes étaient son bien, elle le savait. Elle lui souriait pour augmenter le trouble et l'appartenance. À cette heure, elle n'était plus servante. Nulle innocence en eux. Ils étaient dans le piège du regard et ni l'un ni l'autre n'aurait su dire comment cela allait se terminer.

« Demain matin, je t'attends, demain sans faute », répéta-t-il.

Demain, rien n'était moins sûr. Demain, elle aurait rappelé à elle l'ardeur de ce moment : colère, révolte, vertige, cris des chiens dehors, son cœur cognant follement contre le sien, la chaleur de son corps contre sa chaleur à lui. S'en emparer loin de lui, près de la présence éclairée des lames. Demain, elle ne monterait pas.

Elle se dirigea vers la porte.

« Au revoir, monsieur. »

Il ne répondit pas. L'idée s'imposait à lui qu'elle allait laisser en partant des courants semblables à ceux qui l'avaient dérangé un instant plus tôt. Il chassa l'idée et se concentra sur sa toile.

À la cheville de la femme assise, la fine ligne d'or du bracelet luisait.

10

Pendant vingt-quatre heures d'affilée, le ciel avait paru crouler sur la ville. Des trombes d'eau étaient tombées sans interruption. À la fin du jour, le temps s'était éclairci et, depuis, une clarté aveuglante inondait Paris, ses places encore pleines de vendeurs à la sauvette, son fleuve luisant comme une coulée de métal. La vérité, c'était qu'on était en nuit de lune et que personne ne pouvait dormir.

Chez Hyacinthe Galien, l'insomnie se prolongeait. Cinq jours plus tôt, il s'était fait un sang d'encre à trouver Florentine allongée sur son lit à l'heure habituelle où elle partait pour ses explorations. Dans un deuxième temps, il avait pensé que cette rare abdication de sa nièce devant un mal pris sans nul doute au froid des rues leur vaudrait peut-être quelques moments d'intimité. Il s'était organisé dans cette perspective.

Le soir, il entrait sur la pointe des pieds et s'allongeait, en robe de chambre épaisse, sur un lit de camp installé contre l'alcôve de Florentine. Il guettait son souffle. Il goûtait la consistance de l'air, examinait les fioles, les nacres, les livres, la coquille tapissée d'or posée contre son chevet. L'aménagement de ce coquillage turbiné l'intriguait.

À ses côtés, Florentine s'abandonnait aux alternatives tyranniques de la fièvre. Régulièrement, elle était assaillie par des fragments de l'immense toile qui, descendant en chute libre du plafond, se rassemblaient en souffles et en couleurs à son chevet, où on avait déposé trois poires cuites. Elle perdait conscience, mais, à l'issue de ces absences, une attention survoltée ne lui faisait grâce de rien. Ni ce soir du clair de lune glissant d'une cloison à l'autre, ni de cette excitation harassante qu'elle avait rapportée de l'atelier du quai. Cette excitation pouvait bien être à l'origine du mal qui semblait n'avoir rien d'organique. L'examen du médecin avait conclu dans un sens vague, il n'avait pas trouvé la cause de la fièvre.

« Il faut boire. »

Elle entendit. L'auréole de la bougie révélait un mouvement dans les rideaux. Elle ouvrit les yeux, se redressa. Elle sut que la fièvre l'avait quittée. Jusque-là, au cours de ses sommeils, une apparition intruse, l'énigmatique John Tallberry qui les avait invités, elle et son oncle, aux Bains Chinois, revenait ponctuellement s'imposer dans les interstices de la toile. Lui, si longiligne, si sanglé dans ses vêtements, se dilatait jusqu'à prendre des proportions vulgaires de grosse figure en carton mâché. Avec la fin du délire, l'hallucination cessait. La présence s'était volatilisée. Elle sourit.

Attentif à son chevet, Hyacinthe avait entendu maintes fois le nom du fabricant. Il voulait comprendre.

« Quoi, John Tallberry, ma petite Florentine, de quoi me parles-tu ? »

Elle se perdait, en répondant, dans les méandres de raisonnements fumeux.

« Si, je vous assure ! Il le fait en Angleterre... il sait faire, vous verrez... Au Lampas Bleu, il vous aidera...

– À quoi ? »

Ces propos récurrents et obscurs, d'où émergeait la notion que l'Anglais pût avoir à mettre le nez dans le fonctionnement de sa boutique, avaient agacé Hyacinthe. Le Lampas Bleu, ce magasin de haute tenue, était son œuvre aboutie, reconnue. Il n'y voyait rien à remettre en question et de telles pensées, même sorties des aberrations de la fièvre, lui étaient pénibles. Elles le troublaient d'autant plus qu'il n'avait pas oublié l'avertissement lancé un mois et demi plus tôt par Florentine : « Quelque chose est en marche, oncle Hyacinthe, il faut suivre. »

Il ne croyait pas au pouvoir des lames, mais la phrase lui restait en tête.

« Bois, il faut boire. »

Assis sur le lit de camp spartiate où il avait passé ses nuits, il se penchait vers elle. Elle l'entendait prononcer de sa voix chaude, un peu voilée : « Bois lentement, ne force rien », et à le retrouver dans ce registre de vigilance pudique qui était le sien, elle sortait de sa léthargie.

« J'ai faim.

– Tant mieux. »

Il alla chercher un flambeau, la hissa sur ses oreillers, sucra les poires cuites, les coupa en morceaux. Elle se mit à manger à petites bouchées et ils parlèrent.

Il l'interrogeait sur la sœur du curé, sur le curé, sur le presbytère et sur ce qu'elle pouvait bien y faire. Sur elle dans son enfance, il en savait si peu. Elle répondait.

Elle raconta qu'elles allaient gerber les avoines, empêtrées dans des jupes raides, elle et la sœur du curé, et qu'après elles dormaient dans une cabane en planches, gardées par un chien jaune qui répondait à leurs appels à la tombée du jour. Que de la lande autour montaient des gémissements d'âmes en peine. Que la sœur du curé la faisait prier pour ces âmes, les deux mains sur la fourrure du chien pour se relier aux forces sauvages. Qu'elles dormaient peu. Elle dit que toutes deux connaissaient des coins de rives où poussaient des plantes à feuilles barbues qui guérissent à peu près tous les maux. Mais, au milieu de ces confidences, la pensée de Florentine, inexorablement, revenait à Tallberry. Elle revoyait les yeux plissés couleur d'huître et cet éclair dans les yeux, ce tic, quand il avait évoqué sa deuxième activité à Whitechapel. Elle était sûre d'avoir partagé quelque chose d'important avec lui durant le sommeil de la fièvre. Elle ne savait ce que c'était.

11

« Reviens demain, je t'attends. »

Avait-elle jamais entendu un ordre ? Trois semaines qu'elle ne poussait plus la porte. Il ne savait rien d'elle, sauf que le gilet vert était en état, que c'était une réparation habile et qu'au fond de la poche un papier griffonné avait disparu. Il venait tout juste de s'en apercevoir. Quoi, sur ce papier ? Il chercha. Quelque chose sur le blanc dans les ombres. Rien, non, rien.

Il avait bien spécifié : « Je te parlerai. » Il attendait.

À l'atelier, il n'avait plus ni pause ni repos. La production était extraordinaire en quantité comme en qualité. Il travaillait tellement qu'il omettait de s'alimenter, de peur qu'aller acheter une soupe chez le boulanger ou du fretin chaud à la passerelle n'abrégeât le sommeil qui le jetait dans les coussins vers les trois heures. Il vivait de pain dur, de fromage et de prunes confites.

À deux reprises, il avait accepté d'accompagner sa cousine Joséphine à des dîners en ville. En sortant de la réception, la deuxième fois, elle lui avait mis dans la paume un fruit exotique inconnu. Elle avait dit en faisant signe au cocher de l'attendre :

« Il vient des Antilles, garde-le. La chair va s'ouvrir à la chaleur de ta main. Mets-le à ton chevet, demain ta chambre embaumera. Tu ne pourras pas oublier cette soirée.

– Oublier ? Mais comment oublier… »

Sous la flamme du bec de gaz, loin des salons et des théâtres où elle passait sa vie, il la trouvait si diaphane, si humaine et touchante, qu'il ne la reconnaissait pas.

« Accompagne-moi plus souvent, Eugène. Ta présence réveille ces dîners. Le monde a besoin de la passion des artistes… »

Ils partirent pour une promenade de nuit, poussant d'un même pas au-delà des torrents de gaz de la rue de Rivoli, à travers les ruelles proches du Palais-Royal. La ville fumait de froid. Des bouffées de vapeur s'échappaient sous les portes et des jurons, des rires avinés, passaient à travers les murs. Ils écoutaient en pressant le pas, Joséphine, son châle de cachemire relevé jusqu'aux yeux pour s'isoler des passants douteux.

À leur passage, une boutique minuscule souleva ses rideaux sur une silhouette qui fut aspirée par un faisceau lumineux.

Il tendit le cou. Elle demanda :

« Qu'est-ce qui t'intéresse là-dedans, Eugène ? »

Il dit :

« Les ombres. Immenses dans le coup de lame de l'éclairage. J'y pense dans les clairs-obscurs de la gravure.

– Tu ne quittes jamais l'atelier.

– En ce moment, ma seule idée est d'en sortir.

– Les Travaux nationaux, les grands chantiers, tu y penses…

– Jour et nuit. J'attends. L'attente qu'on impose aux artistes pressentis pour les grands travaux est insupportable.

– On parle de chantiers considérables. Tu disais il y a peu que tes dernières toiles t'avaient rompu le corps.

– Et que les grands travaux me ressusciteront ! Je veux mettre du feu sur des murs. Mon sang circule mieux quand je les vois. On n'est pas peintre tant qu'on n'a pas pu se déployer sur des murailles. »

Ils avaient marché très vite et retrouvaient les quartiers policés, éclairés où, sous un réverbère, attendait l'équipage de Joséphine. En quittant son cousin, elle dit, penchée sur le marchepied :

« Prends garde à ta santé, Eugène. L'autre soir, chez James de Rothschild, Balzac affirmait que la pensée use l'homme.

– Balzac est un génie, mais c'est un génie bavard ! »

Il étreignit Joséphine et s'engagea sur la passerelle des Arts. Il ne tenait pas à être accompagné. Il n'espérait rien de cette traversée. Il ne guettait personne. Le fruit serré dans sa paume, sous la lune écornée d'un blanc d'ivoire, il se laissait porter par les reflets du fleuve, se faisant la réflexion que l'hiver cédait de sa force, que dans quelques semaines l'avant-printemps de mars tomberait sur Paris, qu'il changerait la verrière en trouée de lumière et que cette intrusion le bouleverserait. Il marchait sans envie, sans fatigue, oubliant que la journée avait été exténuante. Le seul fait de revêtir une tenue du soir pour aller contempler le profil racé de sa cousine dans le rituel d'un service à l'anglaise avait effacé la lassitude.

À l'atelier, il revenait encore aux *Femmes d'Alger*. Celle de gauche qui ne regarde pas, qui voit loin, près de la pantoufle rouge. Il reprenait le nacré des perles sur la gorge, accusait la tension des seins sous le corselet bordé d'or. Contre les soins que celle-ci exigeait de lui, il se défendait mal. Pourtant la toile s'achevait, il y en avait d'autres à travailler. *L'Intérieur d'un couvent de dominicains à Madrid*. Là, c'était l'air glacé des grands monastères espagnols. Peu de couleurs, pas d'émotion. Il s'y attelait comme on entre dans un temps d'ascèse.

En ville, des rumeurs contradictoires cherchaient à brouiller les cervelles. Certains claironnaient qu'il fallait s'attendre à des nouveautés, que le Salon ouvrirait plus tôt, qu'il fallait se méfier, prévoir, renoncer à voir grand, au risque d'être pris de court et de ne pas trouver sa place. Aucune affirmation n'était fondée. Comme toujours, le jury assurait son autorité par le silence et les bruits ne couraient les cafés, les rues, les ateliers, que pour perdre des candidats au passage. Trop de peintres, trop de sculpteurs, ardents et faméliques, au coude à coude sur les rangs. La concurrence devenait acharnée. Chaque fois qu'il croisait des peintres, il sentait la haine lui coller aux basques.

Seul. On ne peut être soi-même hors de la solitude.

La pensée flottait. Il n'avait plus le temps d'écrire dans le Journal. Plus le temps de croquer comme là-bas, à Meknès, à Tanger, ou en chemin, sur le pommeau de la selle... Le bleu des montagnes. Les enfants bruns, courant vers le caïd. La terre belle, rose, rouge, ocre. Les fleurs d'oranger d'un blanc ciré de porcelaine...

Les carnets de lumière étaient fermés. Les yeux brûlaient. L'atelier s'enfonçait dans la poussière. Quant à ce bal masqué, inutilité, aberration. « Ce sera le plus beau de l'année. Viens ! » avait supplié Joséphine.

Elle avait tout décidé pour lui. Cherché, choisi pour lui un déguisement vénitien brodé de rinceaux d'argent avec perruque à rouleaux. Elle le faisait apprêter par le perruquier napolitain des Italiens.

Il avait consenti, amusé de prime abord par la perspective, puis dérangé par les séances d'ajustements. La voiture de Joséphine s'avançait jusqu'au quai. Elle s'arrêtait dans une impasse où on rangeait de la bière et des barils de viande en saumure. La manœuvre était difficile, l'air saturé de relents, il fallait remonter les vitres pour respirer, mais c'était à prendre ou à laisser. La couturière devait se débrouiller pour retoucher dans la voiture, car il persistait à ne vouloir laisser monter quiconque à l'atelier.

« Reprenez. Il faut ajuster encore, c'est trop large. »

Le bruissement des jupons écrasés dans l'étroit du véhicule, l'air confiné, lui accéléraient le souffle. Les deux femmes sentaient la violette et la rose. Il traînait dans l'habitacle. Il consentait à accompagner Joséphine à des dîners. Il parlait, il était brillant, on l'écoutait, les nuits étaient courtes, les levers difficiles. Mais d'un seul coup, au milieu de cette effervescence, la panique l'avait saisi à l'idée de faire son entrée au bal costumé au bras de sa riche cousine.

Folie pure ! Imprudence que cette sortie avec Joséphine de Forget, la fille du comte de Lavalette condamné à mort une dizaine d'années plus tôt, et dont l'épouse, substituant au prisonnier la jeune Joséphine déguisée en homme, avait bravé le verdict royal jusque dans les fers de la prison. Bien sûr, le pouvoir avait remis en place la statue de l'empereur sur la colonne Vendôme ! Mais la question n'était pas là. La question était que cette histoire rocambolesque avait marqué les esprits de tous bords, qu'elle y restait comme la manifestation d'un invraisemblable défi à l'autorité. Une histoire de subversion comme on n'en trouve pas deux par siècle. Raviver les mémoires sur le sujet était dangereux.

Le moment était calamiteux de toutes les manières. Le moment le mettait sur le fil du rasoir. Les insultes volaient. On avait écrit qu'à tenter le diable il courait sur les toits et qu'un jour il en tomberait raide mort. Deux attaques grotesques, d'une impensable virulence, avaient eu lieu la semaine précédente. De quoi ébranler les instances de décision les plus fermes.

Joséphine suivait l'évolution. Joséphine, intelligente, se méfiait, tout Paris connaissait les accointances de la baronne de Forget avec les bonapartistes. Elle ne passait plus quai Voltaire. Il recevait des billets marqués d'une petite couronne où on le vouvoyait avec une affection discrète.

« À supposer que cette commande arrive, qu'elle vous comble, comment pourrez-vous concilier ce travail physique harassant sur les escabeaux et les échelles avec celui du chevalet ? Parce que cela, vous ne le lâcherez pas pour autant ! Pensez-y… Même un athlète ne tiendrait pas à ce train. Et vous n'êtes pas un athlète, vous avez des fragilités, vous le savez. Il faut vous protéger. »

Se protéger. Comment ?

Il inscrit les couleurs.

Rouge Venise. Rouge vineux. Vert fleur d'or. Violet laque. Violet lilas.

Dans les marges des croquis, sur les feuilles volantes, au dos des esquisses, partout les couleurs. Elles le remettent d'aplomb.

Parfois il va se planter devant *La Mort de Sardanapale*, une chandelle à la main. Fiasco ou coup de génie, cette toile géante ? Comment répondre ? Comment juger d'un tableau qu'il avait peint l'esprit illuminé d'une telle splendeur que le monde, sous ses pieds, avait disparu ? Il revit l'instant. Le murmure dans la salle, il l'entend, ténu, continu, et puis il l'entend enfler. Il a avalé de la soupe bouillante à un étal de rue. Juste avant, il s'est brûlé les lèvres. Il avance, on se tait, les respirations sont retenues et la sienne, il ne la sent plus, et un gnome à barbe noire, un juge s'approche, il parle, il s'adresse aux autres, la voix profonde, le ton inspiré, indigné, il a du panache quand il parle, le censeur : « Messieurs ! J'en appelle à votre sens de la décence. On s'apprête ici à trancher des gorges de femmes. Ce peintre dépasse les bornes. C'est un bourreau ! »

En substance, il ne se trompait pas, le juge. La femme au corps cambré, la femme brune à la carnation de nacre se tendait sous la menace du couteau qui allait l'égorger. Elle présentait comme une offrande amoureuse ses épaules, ses reins magnifiques à la lame. Le meurtre était imminent. Les mots du juge s'infiltraient dans les têtes, les yeux se plissaient, le désastre était avéré et lui, le peintre, il avait eu honte, honte de son tableau, honte de l'amour qu'il portait à cette toile insensée de proportions, de sujet, d'exaltation. Honte de cette passion pour les femmes éblouissantes vouées à la mort dans une débauche de luxe, de scintillements, de couleurs et dans le hennissement des chevaux. Le jury entier avait suivi et le verdict était tombé. Jamais celle-ci ! *La Mort de Sardanapale*, refusée.

Rose tendre. Laque jaune indien. Ton pour l'or : demi-teinte noir de pêche et jaune de Naples.

Mais les couleurs, maintenant, il s'y perd. L'atelier est sens dessus dessous. On fouille dans ses affaires, c'est nouveau. Le carnet héliotrope, il l'a trouvé ouvert en remontant de chez le marchand de gravures de la rue des Saints-Pères. On plonge dans les papiers. Qui ? Un modèle cherchant deux sous pour les jouer au tripot du pont ? Non ! Aucun ne se grillerait chez un peintre qui engage et qui paie. Florentine ? Celle-ci, avec ses phrases. « Je regarde le plus possible Monsieur. » Quel but, quel sens ?

Il y a du désordre partout. Du désordre et des vides. Des phrases s'installent dans les vides. S'y incrustent. Les plus détestables, celles de la vermine. Celles qui tuent.

Qui les avait écrits, ces torchons ?

« Si M. Delacroix connaissait les limites de son dessin, il se contenterait de représenter la fumée qui sort du tuyau du narguilé. »

Et celle-ci, meilleure encore :

« *La Mort de Sardanapale* est un carnaval funèbre. Ce qu'on y exécute à la fin de la fête, ce ne sont pas des figures de carton, mais des filles de maison dont M. Delacroix, de toute évidence, est familier. »

Les noms de ces inspirés de la plume, il ne sait plus. Mais les phrases, elles, lâchent encore leur fiel. Et il y a une drôle d'heure, le soir, chaque soir, où ses tableaux, il les cherche. Il les confond. La scène de guerre obscurcie par la fumée des fusils. L'autre, avec les cavaliers maures au galop sur le ciel vert. Où donc ? Disparue du lot ! Mais non. Celle-ci, sacré Dieu, il y a beau temps qu'elle a été sortie de la boutique. Vendue. *Faust*, *Le Christ au jardin des Oliviers*, *L'Évêque de Liège assassiné*, *La Liberté guidant le peuple*, *le Massacre de Scio*. Les titres défilent, s'égrènent comme des coups de bourdon dans un ciel de neige.

« Chiennerie de jury, chiennerie de politique ! Ils nous tiennent et ils en jouissent ! Jusqu'à quand ? »

Il s'en va marcher dans la vie brute de la passerelle. Une diseuse de bonne aventure l'arrête. Elle lui parle d'une boule de cristal, il ne voit rien entre ses mains, elle dit : « Il y a de l'or pour vous dans la boule, je vois l'or briller pour Monsieur. » En attendant, il donne un sou. Pour le reste, il ne sait plus ce qu'elle a dit. Il cherche des grisettes à chapeaux enrubannés dans la foule. Il en trouve une, belle, rousse de teint, insolente, la suit jusqu'à sa soupente et, au plus brûlant de l'empoignade, il manque l'estocade. Peste, s'en veut de cette défaillance, de ces défaillances répétées. Il sort dans les rues. Il marche encore.

Il n'a jamais autant marché dans Paris.

Seul.

En rentrant, il siffle au goulot le vin de Bordeaux.

On en buvait dans de hauts verres en cristal, aux réceptions officielles de la préfecture. On recevait dans une élégante salle à manger décorée par un certain Lacour, un bon peintre de province qui s'était attelé avec application au sujet de commande. L'enfant surveillait. Écoutait le clapotement du pinceau sur les fonds. Respirait les huiles. L'enfant émerveillé ne sortait plus de la salle à manger qu'on décorait.

Qui connaît aujourd'hui le nom de ce Lacour de Bordeaux ?

Il s'en fait livrer encore, de ce vin d'enfance. Il pense aux crèmes à l'angélique moelleuses, dorées, charnues, dans la paume de Florentine. Chair sucrée prolongeant sa chair. L'envie lui vient d'en avaler une, plusieurs à la suite, sous les longs yeux clairs qui le surveillent. Les petits pots de gourmandise brûlent dans son esprit comme au fond d'un enfer en flammes.

Et puis un matin, à bout de nerfs, le coup entendu à la porte.

Ce coup, par extraordinaire, perçu quelques secondes à l'avance.

Il marche d'un pas de plomb pour aller ouvrir. Il pense qu'il n'arrivera jamais à la porte, car ce coup, par-delà les rues, les ponts, les ministères, les jardins, les écuries, les bateaux sur la Seine, il y a une poignée de secondes qu'il l'a entendu et que ses jambes le lâchent, qu'il ne les sent plus. Il sait. Son corps le trahit, mais le corps n'a plus rien à dire. Il se sait élu pour les murailles, pour les grands murs oubliés dans la poussière. Il sait qu'il va entrer le cerveau plein de scènes, brûlant de l'envie de charbonner, et à l'instant il sait aussi que le doigt de l'Invisible est pointé sur l'atelier du 15, quai Voltaire.

« Monsieur Eugène Delacroix ?

– Lui-même. »

Sur le seuil, voilà que le très jeune coursier exécute une espèce de pas de danse très gracieux, très comique, pour se faire pardonner son erreur.

« Navré, monsieur, je n'avais pas vu !

– Quoi donc ?

– La sonnette. C'est ce temps. Mazette, ce vent d'enfer sur le pont, ça souffle à vous trouer la casquette ! Excuses, monsieur. »

Avec déférence et très bas, le jeune coursier salue celui que, dans l'entourage du roi, on a choisi entre tous. Monsieur Eugène Delacroix, peintre d'Histoire. Pli à remettre en mains propres au destinataire. Ministère du Commerce et des Travaux publics.

Il y a des moments d'ouverture du monde où le doute disparaît.

L'enveloppe serrée entre les doigts, le corps raide d'avoir si peu dormi depuis des semaines, il se tient derrière les carreaux. La lumière tombe en pluie rousse sur les toits du Louvre et des martinets fous les rasent en sifflant. Il vente, mais il fait beau. Il reste là à voir, hébété. Tels ces travailleurs de l'ombre qui, pour une fois, s'arrêtent pour regarder passer un défilé militaire et s'émerveillent des pas, de la discipline, il s'étonne de la rue. La rue remue, elle vit, on transporte de l'eau, du bois, on vend du pain et, par bouffées, le bonheur le traverse, s'éloigne, revient. Le bonheur lui dilate le corps et la pensée. Il a gagné la bataille, il est vainqueur, il jubile, il y a mis le prix, il faut bien le dire. Il a gagné la partie.

Je prie la Vierge du Bon Secours.

Le visage de Florentine, le pouvoir de prédire de Florentine, ses petits pas glissant sur le plancher de la salle, tout ça lui revient, l'enchante à lui revenir si facilement, si simplement. Et la Vierge à la Croix de la jeunesse, aussi. *Je prie la Vierge.* Telle une figurine légère découpée dans du papier, en longue tunique blanche remuée par les vents, la Vierge flotte en face, sur la cornière du toit. Il la voit.

Si jeune, il avait peint cette Vierge presque sans y penser.

12

Eh bien non, non vraiment, se disait Hyacinthe, inutile de se voiler la face, la présence de Florentine à l'appartement depuis qu'elle ne sort plus n'apporte aucun agrément à notre vie commune. C'est tout le contraire.

Florentine avait changé, changé en dépit de lui, changé sous ses yeux, changé subrepticement entre les quatre murs de sa chambre. Une semaine de fièvre et un court délire peuvent-ils transformer une nature ? Il déjeunait. La table mise devant la fenêtre, les viennoiseries, le café bien dosé, ne lui apportaient pas le plaisir qu'il en recevait toujours. La tranquillité du répit matinal était assombrie. La main posée sur la cafetière tiède, il essayait en vain de définir le changement en sa nièce. Et l'entremets préparé par la servante, de surcroît, n'était pas assez sucré. Il venait de le signaler.

« C'est fade. Allez me chercher du sucre et du miel à l'arrière-cuisine. »

À sa manière détachée et subtile, Florentine lui faisait sentir qu'il y avait une étroitesse dans sa vie.

Elle l'encerclait, elle l'observait. Avec des sous-entendus, elle l'amenait à des doutes auxquels il n'avait jamais été confronté. Le plus dérangeant de tout, c'était que ces sous-entendus concernaient précisément le centre stratégique de sa vie, sa boutique, le Lampas Bleu.

La résistance de Hyacinthe s'émoussait au fil de phrases ne menant nulle part, de questions du genre : « Les soies d'Italie, oncle Hyacinthe, ces taffetas, ces velours rares, vous en parliez... Allez-vous les recevoir ? Quand ? – Aucune date en vue. Les concurrents exigent l'exclusivité. »

Toutes ces questions signifiaient que des idées traversaient l'esprit de Florentine. Elle s'intéressait à l'approvisionnement du Lampas Bleu, c'était nouveau. Quant à Tallberry l'inévitable, que faisait-il dans l'affaire ? Pourquoi s'était-il ancré à ce point dans la tête de sa nièce ? Tallberry, ses esquives, son goût des on-dit, sa fortune insolente. De toute évidence, l'Anglais à la lèvre fendue lui avait fait forte impression au dîner qui avait suivi les Bains Chinois.

Hyacinthe se souvint qu'à ce dîner il s'était absenté un moment pour rencontrer un client, et qu'à son retour il les avait aperçus tous deux en grande conversation. À distance, il avait vu que Tallberry était éméché. Il parlait avec de grands gestes démonstratifs et Florentine buvait ses paroles.

Toutes ces questions irrésolues le serraient à la gorge.

À chaque instant, sa nièce s'adressait à lui sans le voir. Elle était là, elle le dévisageait, mais il y avait autre chose devant ses yeux. Après quoi, elle se retirait dans sa chambre pour préparer ses onguents à lèvres – rose, grenat, incarnat, cerise, pêche. À l'entendre, l'éventail des tons était inépuisable, elle y revenait sans cesse. Et quand le soir elle entrait au salon, le collier rouge porté sur diverses tenues, elle était trop coiffée, trop soignée. Trop parfaite pour être claire.

Il aurait pu décider de rompre le jeu d'autorité en posant les vraies questions, mais il s'en gardait bien. Il y avait dans les papiers de Florentine l'adresse de l'archevêché de Paris, accompagnée d'une lettre de recommandation du curé de Normandie. La lettre lui avait été glissée comme une protection ultime lors du départ du presbytère. Hyacinthe n'en ignorait pas le contenu. Elle demandait asile, au cas où la jeune fille en aurait éprouvé la nécessité. Il était possible, il était toujours possible que Florentine s'échappât.

Un matin où elle était sortie consulter la marchande à la toilette, il entra dans sa chambre.

Le lit, sous le baldaquin de perse, était tiré, la table dégagée, les objets posés en ordre parfait sur l'étagère. L'odeur forte des préparations cosmétiques imprégnait l'air. Florentine avait annoncé qu'ils pourraient bientôt commercialiser l'article. L'exposer dans des pots de verre, au milieu des étoffes. « Les clientes vont découvrir... Elles essaieront, elles feront des gestes devant la glace, des mines comme on fait quand on se croit seul... Elles auront tout le temps de penser aux étoffes. Vous en vendrez plus, oncle Hyacinthe... »

Bien. Rien de sot dans cette idée, mais l'idée n'était pas le fond de la question. Cette chambre qu'il arpentait sans rien y trouver de significatif était une couveuse. Une activité s'y pratiquait. Un recoin de l'âme de Florentine s'y épanouissait.

Qu'est-ce qui la faisait vibrer à ce point ?

Il n'avait pas osé aller plus loin dans ses investigations. Comme toujours respectueux des limites, il s'était refusé à ouvrir le placard où elle rangeait les quelques humbles souvenirs rapportés du presbytère. Il avait tourné en rond, sorti des livres, ouvert deux ou trois manuels savants, dont un sur l'architecture, un autre sur le théâtre, le tout venant il ne savait d'où, mais pas de chez lui.

À chercher, à supputer, il avait fini par se trouver mal à l'aise à cause de l'intensité de l'odeur. Les vapeurs d'huiles dans l'atmosphère l'incommodaient. Il n'avait jamais supporté ces ambiances d'officines d'apothicaire. Il avait abandonné, plus dubitatif encore qu'à son entrée.

13

Après le déjeuner ce jour-là, Florentine vint s'asseoir seule devant la cheminée verte du salon, sur le plus large des cabriolets. Elle aimait ce siège et cet endroit, protégé de tous les bruits du quartier. L'orientation au nord du grand appartement le rendait sombre, mais pour s'offrir les atmosphères dorées que son oncle aimait par-dessous tout, on avait multiplié chandeliers et bougeoirs dans la pièce. Florentine les avait tous allumés. La grande flambée des bûches s'ajoutait à leur clarté, donnant un lustre particulier au moment.

Elle tenait le jeu de tarots entre ses mains. La fièvre n'était plus là, mais la sensation persistait d'avoir été entre les bras du peintre, d'y être restée tandis qu'elle lui parlait de ses tableaux. La sensation lui coupait encore le souffle.

« Reviens demain. »

L'ordre était formel. Elle n'avait pas obéi à l'ordre. La pensée de l'atelier, depuis, ne la quittait pas. Comment s'accommodait-il des tâches domestiques ? Où en était-il de ce furieux désir de murailles qui, par moments, le rendait inapprochable ? Les jours précédents, elle avait tenté d'interroger les figures sur le sujet, mais rien n'en était sorti et, comme il se doit, elle avait respecté le silence des arcanes.

Sans hâte, dans la clarté frémissante du chandelier, elle commença à battre les lames, à les couper, à les rebattre.

Elle entendit à son oreille la voix fluette et résolue de la sœur du curé :

« Voir au cœur des choses, au fond des êtres, suivre l'évolution des destins, le don nous l'avons. Mais pas plus de deux ou trois divinations par mois si elles te concernent toi !... Moi j'interroge pour les autres, je leur porte secours, je ne demande rien d'autre... Mais s'il s'agit de moi-même, je suis sobre. Tu dois l'être. Quand nous abusons, il n'y a plus d'éclaircissement donné, mais des inventions de nous-mêmes, de notre personne affolée. Notre esprit obscurcit la lumière. Notre esprit est retors, il faut le tenir en respect... Le bon moment, tu le sentiras, c'est celui où le temps bifurque comme un long mur de clôture qui fait un coude. Après, avant, ne touche plus les lames. »

Seule au centre des lumières, Florentine sentait approcher une révélation. Le salon, ses lambris, ses rideaux épais la protégeaient et le feu pétillant l'accompagnait. Ouvrant grand l'esprit à ce qui allait se présenter, la pensée fixée sur *lui* de l'autre côté du pont – lui, mi-enchanteur, mi-Méphisto, lui dont le regard pénétrant la poursuivait jusque dans son sommeil et dont les silences, parfois, la ramenaient à ses vieux effrois –, elle demanda à haute voix :

« Quel avenir pour Monsieur ? »

Elle disposa les lames en forme de croix celtique sur la table.

« Le Chariot. Le Monde. Trois de coupes. Valet de bâtons. La Mort. Dix d'épées. La Tour. »

Elle murmurait. Une à une, les lames se dévoilaient. Comme toujours la lenteur, comme toujours les influences se complétant, se chevauchant, le fourmillement des possibles en concurrence. Ne pas hâter l'interprétation. Laisser infuser, se relier aux lames, à leur vérité nue, attendre, laisser venir. Et peu à peu la révélation se faisait jour. Le *Nouveau* était advenu quai Voltaire. Le *Nouveau* rejoignait les plus folles aspirations du peintre. Il allait entrer en fanfare dans les *Grandes Visions*. Les portes fermées s'ouvraient devant lui, elle en avait confirmation par cette sensation de sang à la tête. Et l'événement qui se dessinait pour lui la concernait aussi. L'événement n'était pas trop important pour elle.

Éblouie, encore incrédule à la perspective de ce qui se préparait, elle contemplait sans se lasser les petits bouts de carton annonciateurs de grandes heures.

Dès le lendemain, elle serait à l'atelier.

14

Ce n'était qu'un intermède, mais succulent, en effet, était le nouveau moka de chez Tortoni, servi avec des glaces et des biscuits à la cannelle sur les plateaux d'argent qui faisaient la réputation de l'établissement.

Pour une fois, le jeune peintre alluré et svelte, dont le nom serait bientôt sur toutes les lèvres, avait gravi les marches du perron, boulevard des Italiens. D'ordinaire, le grand Café Tortoni obscurci par la fumée de cigare, les lionnes en chasse derrière les éventails, les piétinements et les altercations politiques dans l'escalier tournant, c'était une halte courue à laquelle il ne sacrifiait pas. Mais, pour une fois, il y avait rejoint Joséphine.

Elle avait là ses habitudes. On lui donnait les bonnes tables et, par elle, ils avaient été introduits à l'étage où trônait le buffet froid chargé des pâtés aux truffes et des matelotes d'anguilles de la Loire.

Dans ce refuge bondé où nouvelles et ragots cavalcadaient d'une table à l'autre, personne n'avait encore eu connaissance du choix du ministère. Ni information ni commentaire, dans l'immédiat. Il avait pu se laisser porter sans arrière-pensée par l'effervescence qui, d'une heure à l'autre, se fermait aux échanges des boursiers pour s'ouvrir à l'indolence des dandys.

Des connaissances étaient venues saluer la baronne de Forget, puis s'étaient effacées.

L'un face à l'autre, le peintre et sa cousine s'observaient. Une décision était tapie en eux, c'était la même. Ils la repoussaient encore. Une fraction de seconde, face au raffinement de Joséphine, aux belles épaules blanches émergeant d'un fouillis d'organdi noir, le peintre pensa aux frêles épaules de celle qui ne montait plus à l'atelier. La sensation de sa fragilité, de sa désertion, l'effleura, puis se volatilisa. L'idée des changements qu'allait lui imposer le travail au Salon du Roi lui revenait en tête.

« Gigantesques à coup sûr, pour ne pas dire radicaux !

– Des changements radicaux, c'est-à-dire…, osa se risquer Joséphine.

– C'est-à-dire qu'il n'y a plus de centre. Le spectateur marche, il faut s'infiltrer en lui et ne plus le lâcher. Véronèse l'a fait avec une maîtrise éblouissante dans les palais vénitiens.

– Comme Le Brun à Versailles. »

Il fit non de la tête.

« La peinture de Le Brun est belle, mais c'est du décor. Je n'en veux pas. Je veux une impulsion qui traverse l'espace. Un mouvement qui fouille l'âme, qui inquiète... De là naîtra l'émotion. »

Il brassait l'air à deux mains en parlant. Joséphine, fascinée, voyait ses gestes de peintre le grandir. Elle avait été formée à des connaissances de l'autre siècle, mais que son cousin fût le plus brillant des précurseurs, elle le comprenait, au contraire de ceux de son milieu. Depuis longtemps, elle avait saisi que sa vision révolutionnaire ne rompait pas pour autant avec celle des anciens maîtres.

« Auras-tu une aide sur le chantier ?

– Pour les ornements. Ciceri, le décorateur en chef de l'Opéra. Il est bon tireur de lignes et il a trouvé un procédé qui fait pénétrer la couleur dans la pierre. Ses trompe-l'œil dureront la nuit des temps ! »

Au creux du décolleté de Joséphine, il y avait une petite piqûre rouge enflammée. Il l'avait fixée en parlant. Il y porta la main.

« Indiscret insecte... Indiscret, mais respectueux des limites... Je ne sais pas si j'en aurais fait autant... »

Elle prit la main, la serra violemment, la garda. La pensée lui venait que les changements dans la vie du peintre n'allaient pas concerner seulement la peinture. Elle appréhendait ce moment.

« Dans quelques jours tu seras sollicité de tous les côtés, on ne pourra plus t'approcher. Viens ce soir avec moi au Français, Eugène. On donne un Molière… J'aimerais tant…

– J'aimerais aussi… »

On passait avec des glaces et des biscuits. Il repoussa le plateau, le visage tendu, pâle, saisi par la même bouffée de désir.

« Je ne peux pas… Je dois aller à la soirée chez Thiers. Ce qui m'arrive, je le lui dois.

– Thiers… Il avait écrit cet article sur ta *Barque* dans le *Constitutionnel.* Où l'avais-tu rencontré ?

– Chez le baron Gérard… »

Avec le nom, subitement, revenaient des figures, des jeux de salon et de pouvoir.

« Chez lui, c'était le régime à l'italienne… À minuit, on s'écrasait. Des officiers, des femmes du monde, des acteurs, Talma, mademoiselle Mars et son horreur des jeunes actrices. On lançait des joutes, Gérard était le plus brillant de tous… Thiers arrivait de Marseille, il était jeune journaliste. Il n'avait jamais connu ces ambiances survoltées. Gérard nous a présentés… »

Il vit Joséphine se lever. L'admiration, sur son visage, le disputait à la nostalgie.

« Il est l'heure, hélas, je dois partir… »

Elle avait encore à passer à un atelier de fleurs d'étoffe qui travaillait pour ses coiffures. Elle dépensait beaucoup de sa grande fortune pour une élégance d'un goût très sûr qu'on citait dans les gazettes. Sur l'importance de ces constructions éphémères, elle ne se leurrait pas, mais elle ne s'en passait pas davantage.

« Je te laisse à ta soirée… Pourquoi, mais pourquoi, ajouta-t-elle, cette nuit, je sens que ta *Barque du Dante* va m'apparaître dans le sommeil… inquiétante, comme la première fois… Les fantômes reviennent… »

Il lui reprit la main, y laissa ses lèvres.

« Je n'y crois pas, moi, aux fantômes, mais ils cherchent à me poursuivre. Comment l'expliques-tu ?

– Je n'explique rien. Mais c'est tout toi… »

Et elle lança avec une âpreté qu'il ne lui connaissait pas :

« Dieu t'a généreusement doté, Eugène. »

Il la vit s'envelopper dans son châle, baisser sa voilette et disparaître dans le mouvement du Café. À nouveau, il fut visité par la pensée de Florentine. Pourquoi, à l'instant, cette idée de fantôme leur était-elle venue à tous deux ?

*
* *

Il avait très mal dormi après la journée mémorable. Des idées fumeuses, contradictoires, encore imprégnées des sombres élucubrations surgies au cours de l'attente, l'avaient tenu éveillé après la soirée chez le ministre Thiers.

En se rasant il s'était entaillé la joue. Le regard à la fenêtre, il tamponnait le sang. Le jour était lumineux, mais le négligé des carreaux permettait à peine de surveiller le train des bateaux portant le foin et le charbon sur la Seine. Un orgue de Barbarie jouait en dessous. C'était un air syncopé et lent qui parfois s'arrêtait. Il fredonna. Enfant, il aimait chanter. Il inventait des ornements pendant la leçon de musique de sa sœur Henriette avec l'organiste de la cathédrale. Le vieux musicien entendait. Celui-ci avait parlé du don de l'enfant à la mère. On lui avait acheté une guitare.

Pourquoi n'avoir pas fait monter un piano, comme cela avait été prévu, pour se délier les doigts après le travail ?

Le sang ne coulait plus sur la pommette entaillée. Il sortit une bouteille de vin entamée, emplit un verre, contempla avec satisfaction le décor glacé du *Couvent espagnol*. Le verre à la main, il dégustait, jugeant la grande scène austère enfin achevée.

La sonnette grelotta. Il hésita et, dérangé dans sa contemplation, alla ouvrir en traînant le pas. Florentine était sur le palier.

« Monsieur ne m'attendait pas ? »

Aucune réponse, comme s'il n'avait pas entendu. Elle restait loin de lui, elle sentait que c'était nécessaire. Elle était la beauté encore, la beauté même, les lèvres tendres, le corps souple, le regard ardent, ce jour-là aussi, elle ne l'ignorait pas.

Face à elle, il avalait le vin à petites lampées, distant, provocant, remarquant la fossette au bas du menton qu'il trouvait plus creusée qu'à l'ordinaire. Elle parla la première. Elle avait calculé que sa phrase le déconcerterait.

« Bonjour, monsieur… C'est la Saint-Georges, aujourd'hui. C'est un grand saint. Il a terrassé le dragon.

– Dans quelles circonstances ?

– On dit que c'était sur une grève déserte à marée basse.

– Les grandes marées, oui, bien sûr… il s'en passe de fortes ! Serait-ce la marée montante qui te ramène ? »

Elle ne dit rien, entra, alla droit au poêle, défit le lien qui enserrait une poche d'étoffe sortie de son sac, la secoua. Un ruissellement de graines se répandit en grésillant sur le couvercle.

« Qu'est-ce que c'est ?

– Du genièvre.

– Pour quel usage ?

– Pour le faire chauffer. Les vapeurs calment la gorge. »

Elle le regardait fixement. Il vit qu'elle prenait son élan.

« Le temps est plus doux, ce matin. C'est tant mieux si vous allez au Palais-Bourbon. »

Au Palais-Bourbon ! Il ne s'attendait pas à ça. Comment, si même les échotiers les plus fouineurs de chez Tortoni ignoraient la nouvelle, comment avait-elle pu la pêcher ? Dans quelques jours, il y aurait des commentaires. Il y aurait des articles et des attaques dans les journaux et dans les cafés. Ce serait comme une onde répercutée aux quatre coins de Paris, mais, pour l'heure, rien n'avait transpiré. Ce retour, à l'heure où les choix étaient déclarés, écartait l'idée d'une complicité possible avec la concurrence. Il était clair qu'elle ne revenait pas non plus pour chercher des gages. Jamais les motifs de Florentine n'avaient été aussi obscurs.

« On t'a prévenue de la décision d'État. Qui ?

– Je savais que vous attendiez. J'étais sur mes gardes. »

Elle lui souriait. Debout contre le poêle, elle retrouvait les appels voilés. Et les reflets de lumière. Et les toiles achevées, vernies de frais, classées, opposées dans leur chant, offertes à l'éclat sourd de la verrière, ainsi qu'elles allaient l'être d'ici peu à des foules de curieux, jamais il n'y en avait eu autant à la fois. Avec une force d'enragé, il avait soufflé le chaud et le froid sur sa peinture. Il n'avait pas dû lâcher souvent la brosse. Elle lui trouvait les traits tirés, la voix affaiblie, ce n'était pas ainsi qu'elle avait imaginé le voir après sa victoire.

Elle répéta :

« Je suis sur mes gardes, ça fait des jours.

– Ce qui signifie ?

– Que j'ai été informée que Monsieur avait été choisi pour la décoration du Salon du Roi.

– Informée par ? »

Elle eut un geste évasif. Elle avait des clartés sur lui en son absence, il devait bien le sentir. Et que la Pensée Toute Puissante traverse l'espace et se joue de ses lois, autant que de celles du temps dans lequel elle chemine, il ne pouvait pas l'ignorer non plus. Elle revit le Chariot et les autres lames éclairées par les flammes. Elle se revit, elle, attendant l'oracle. Le recevant à l'instant grandiose où l'avenir du peintre lui avait été révélé.

« Les choses me parlent quelquefois », dit-elle enfin, bas, avec une conviction telle qu'il en eut la parole coupée.

Il lui trouvait une manière subtile d'informer sans dévoiler. Une pluie lumineuse inondait son buste, ses cheveux, sa cape sans couleur. Rien d'extraordinaire, en réalité. Après tout, c'était la saison qui changeait. Depuis quelques jours, le soleil devenait plus fort sur Paris. À certaines heures, il faisait presque chaud.

« Quand j'ai su la nouvelle, dit-elle sur le même ton, j'ai pensé que vous deviez être aux anges. »

Aux anges, lui ! Il s'aperçut dans le bout de miroir accroché au mur. Hauteur, arrogance du triomphateur, indiquait le vieux miroir terni. Fichtre ! Elle l'épinglait bien, ce n'était pas la première fois. Il se mit à tourner dans la pièce pour chasser une raideur dans le corps, dans l'esprit. Elle ne le quittait pas du regard.

« Je suis venue accompagner Monsieur au Palais-Bourbon. J'ai pensé que je tiendrais le matériel comme je l'avais fait au musée du Louvre. »

Il s'arrêta.

« Tu as pensé faux. Je vais seul au Palais-Bourbon. Il n'est pas question que je sois accompagné. »

Elle sembla ne pas avoir entendu.

« On dit que monsieur Ingres emploie les services d'une jeune fille copiste au Louvre parfois. Que ce qu'il faut simplement, c'est avoir de la tenue. »

L'œil dur du peintre, fixé sur elle. L'œil, d'ordinaire plissé par l'attention posée sur toute chose, était grand ouvert sous les sourcils et il brillait comme un charbon.

« Vous n'aurez pas honte. Je me suis habillée pour la visite. »

Elle écartait les deux pans de la pèlerine. Lentement, elle l'ouvrait. Il regardait, regardait tellement que son poignet crispé sur les facettes du verre lui faisait mal et que, à l'instant, l'éclat d'une blouse se détacha du buste de Florentine et lui emplit les yeux d'une floraison orangée, striée de mauve et de rose. Somptueuse était l'étoffe qui soulignait les seins, le cou pâle. Hardi, l'assortiment de couleurs.

Il n'eut pas le temps de reprendre souffle. Elle avait les yeux rivés sur lui, ils étaient chargés d'une intention et il se produisit un fait curieux. Il éprouva le choc d'une décharge. Il flottait. Une résistance, en lui, cédait sous le coup de forces non humaines et il saisit que ces images fusaient d'elle, de Florentine toute droite plantée dans la clarté de la verrière, résolue, muette, dans l'appel émané de toute sa personne.

Il s'efforçait de chasser la rafale et le tumulte que cela faisait dans sa tête. Laisser le vin, c'était ça, ce bordeaux ! Trop peu dormi, trop éclusé, le matin, la veille... Vin, brandy, champagne, tout à la fois. Une brèche dans la discipline. Légitime, vu les circonstances ! Il crut qu'il le disait à haute voix. Il était imbibé, mais ivre, non. Assez lucide en tout cas pour s'apercevoir que cette force qui lui giflait le corps comme un paquet d'embruns venait d'elle, embusquée sous la verrière. Et qui l'observait.

« Assieds-toi. Maintenant, écoute-moi ! »

L'ordre avait retenti comme un coup de fouet. Elle obéit, s'assit si brusquement que le fauteuil craqua.

« Venons-en au fait tout de suite ! Tu te dis ma servante. Tu accomplis une tâche de servante, tu as un langage de servante. Parfait. Mais tu te moques de moi, Florentine !... Depuis ton entrée ici, j'ai droit à des effets... Entre ton plumeau et ton broc d'eau, tu as des intentions... Voilées, discrétion oblige. Tu joues ta partie en artiste, bravo ! »

Elle eut, au mot, un sursaut. Il ne s'en aperçut pas. Il avait seulement conscience qu'on ne le défierait plus longtemps. Il n'était pas d'humeur à lâcher le sujet.

« Mais enfin... si on part du principe vraisemblable que c'est moi le peintre qui suis ici pour donner vie à des scènes d'Histoire, on peut trouver très dérangeant que... disons que tu me rejoignes sur mes terres privées, plaisanta-t-il, crispé. Des terres que je désire garder pour moi seul, tu le sais. Les artistes ne sont pas partageurs, et moi moins que personne !... Bref... je suis le spectateur permanent des effets de ma servante. J'ai droit à des spectacles, je n'ai pas droit à des vérités et c'est insupportable ! »

Il s'était rapproché en parlant. Dans un mouvement imprévisible, brutal, il lui posa la main sur le front :

« Quel jeu joues-tu ? Depuis le premier jour, il y a entre toi et moi un mur de mensonges. »

Elle sentait sa main sur son front. La chaleur de la main. Quelque chose s'accélérait, les encerclait. Elle eut peur. Peur d'elle, de lui. Ne pas parler. Attendre, ce n'est pas l'heure. La vérité n'était pas loin de franchir ses lèvres, mais ce qu'elle préparait, ce qu'elle édifiait avec tant d'opiniâtreté depuis le premier jour à l'atelier n'aurait pas résisté une seconde à la révélation de cette vérité.

Il n'était pas encore l'heure de parler.

« Je viens chasser les poussières, dit-elle froidement. Autrement, je n'ai rien à dire.

– Moi, si. Moi, j'ai à te parler. Tu n'habites pas un galetas en compagnie de la lavandière, ta camarade présumée.

– Non, monsieur.

– Cette camarade n'existe pas.

– Non.

– Là où tu vis, on se nourrit bien, scanda-t-il, se demandant si, dans ce semblant d'explication longtemps attendue, il était meneur ou mené. Là où tu vis, il y a des bouillons riches et des fours pour cuire des douceurs. Et de belles étoffes pour t'habiller. Là où tu vis, tu n'es pas servante et, aujourd'hui, je veux savoir qui tu es.

– Vous le savez ! Vous l'avez dit, je ne suis pas servante, ça ne change rien. Je viens chasser les poussières. Quand je pars, la salle est propre, le plancher savonné, le linge rangé, il n'y a rien à redire. Rien ! »

Elle pâlissait de lui avoir jeté avec fureur ces éléments à la figure. Ce n'était pas la première fois. Il avait remarqué cette frayeur d'animal traqué qui lui fondait dessus, régulièrement. Cela le gêna. Il se détourna, alla se poster à la fenêtre.

« Oui, je vais au Palais-Bourbon. J'y vais seul. Toi, pense à rafraîchir l'atelier, j'ai trop négligé cette question… Et, à l'avenir, sache que je te donnerai des gages comme il convient pour tes heures de service. »

Elle répéta :

« Il faut que j'aille au Palais-Bourbon. »

Il secoua la tête et voulut se servir de vin.

Il remplit son verre, avala une gorgée, les yeux attirés par la couleur du ciel en train de s'illuminer, et furieux. Furieux de le faire. Il avait décidé d'arrêter, c'était grotesque de boire encore. Le vin chauffait diablement. Et il y avait ce phénomène atmosphérique, cette lumière enclose dans la lumière, qui passait les carreaux. Un éclairage oblique, d'un jaune soufre, à travers la vitre. C'était de là qu'était venue la sensation de pluie dorée sur la jeune fille penchée.

« Tu veux savoir ce que c'est que le Salon du Roi, dit-il. Pour l'heure, peu de chose. La salle a vu passer et tomber trop de régimes… À trahir sans cesse, les lieux comme les gens perdent leur identité. Attends ! Tu la verras plus tard dans sa splendeur, cette salle.

– Je dois aller avec vous, il faut que j'y aille, je dois y aller, je dois… »

Elle toussa. Elle s'étouffait. Il se retourna.

Elle était cassée en deux, les mains sur la poitrine dans un geste de suppliante, et à la voir perdue à ce point, il sentit à l'instant que les certitudes et les défis de Florentine fondaient devant une angoisse qui dépassait de très loin le sujet de sa visite au Palais-Bourbon. Que s'exprimait là une détresse viscérale. Le verre à la main, il restait sur place à la dévisager. Il ne voulait pas la massacrer, c'était la dernière chose au monde qu'il souhaitait. L'éclairage s'intensifiait à travers les carreaux, il avait conscience que cet éclairage soufré participait de la situation, que dans un instant ces tons allaient mourir, que Florentine était une autre, qu'il avait sur elle un jugement incomplet, tendancieux, faux. Que tout était lié.

Il ne sut pas si c'était lui qui décidait.

« Entends-moi bien, dit-il… Le Palais-Bourbon est un endroit national, officiel. On n'y entre pas comme n'importe où, il y a de l'étiquette et des usages. Il faudra te montrer extrêmement discrète… Saluer s'il y a à saluer. Et te tenir à l'écart de ma personne si quelqu'un se présentait. »

Il pensait à ceux qu'ils pourraient croiser dans l'édifice. Aux curieux, aux gens de service. Fonctionnement de routine. Florentine savait se tenir, elle l'avait prouvé, elle avait été parfaite au Louvre. Et la Chambre serait déserte, c'était un jour sans délibération.

« Cette salle, dit-il… il n'y a pas pire piège. Beaucoup m'attendent sur sa configuration impossible, beaucoup doivent s'en réjouir. Tant mieux ! Allons-y, donc ! »

15

Ils avaient dépassé la Grande Rotonde et la salle des séances. Ils étaient dans la salle aux ors, celle où siégerait le roi. Elle menue, lui, le port très droit dans sa tenue de ville à l'anglaise. Aux yeux des employés postés dans les vestibules, ils faisaient un étrange équipage.

L'appariteur, un géant qu'asphyxiait un gros rhume, restait posté dans un angle de la salle, raide, prêt à répondre à toute exigence. Il y avait peu de chances qu'il pût se montrer utile. Le peintre avait dit qu'il n'avait besoin de rien. Qu'on ne devait l'approcher sous aucun prétexte.

Avec les neuf caissons du plafond et les huit piliers encadrant les baies voûtées, la salle imposait la géométrie de ses formes compliquées. Les ors étaient fanés. Au centre de la coupole, un énorme lustre de cristal poussiéreux évoquait des fastes évanouis. Et une odeur indéfinissable flottait dans l'air.

Il marchait, s'arrêtait, mesurait, relevait des cotes, croquait. Il n'interrompait rien de ce qui cherchait à se poser sur le carnet. Une demi-arcade était apparue et, dedans, une chevelure, des jambes, une figure saisie dans on ne savait quelle action, ce qui allait se raconter, ce qui restait à imaginer. Il voyait une frise. Il la voyait longue, fluide, hissée par-dessus les bourrelets d'or des baies et, dedans, des femmes allongées aux délicatesses de fleurs épanouies, aux corps charnus, mouvants, qui s'appelleraient Industrie, Agriculture, Justice, Guerre. Quant aux larges pilastres, ils devraient porter les figures en pied des grands fleuves de France. Le sujet était fixé. Il n'y avait pas à débattre là-dessus. La nation entendait que fussent évoquées ses richesses naturelles.

Parfois, des paroles lui échappaient. Parfois, la mine de plomb se cassait entre ses doigts, mais il n'avait besoin de rien, surtout de rien, il faisait signe à Florentine : ne cherche pas dans l'attirail, ne me dérange pas. Ses mains traçaient des lignes dans l'air. Florentine et l'appariteur voyaient la rapidité, les volutes, les traits comme des flèches.

Il se mit à leur parler sans les regarder, comme à une assemblée, montrant les caissons du plafond, cette raideur, cette contrainte huit fois répétée des caissons autour de la coupole. Il disait que ce serait un terrible défi que d'y introduire la pulsion de vie qu'il voulait y mettre. Trop de séparations, vraiment trop, ici, là-bas, partout, aucun écho d'un espace à l'autre !

« Il faudra des contorsions et de violentes torsions… des déviations de corps pour s'adapter et entrer dans les champs. »

Il martelait ça. Il ne s'apercevait pas que ses propos devenaient insupportables à Florentine. Ils la bouleversaient. Comment peut-il ? Qu'est-ce qui lui prend de revenir à ça ?

Ce qu'il répétait la ramenait aux propos du juge devant la grande toile condamnée. *Bourreau.* Et de son pas nerveux, à tourner comme il tournait, furieusement, il lui rappelait le dresseur de chevaux rétrécissant le cercle mortel autour de l'alezan cerise. Elle lui voyait des yeux qui regardaient les murailles comme une proie. Elle pensait au livre d'heures, à l'harmonie du livre d'heures. C'était cela, cette extase qu'il devait donner aux visiteurs. Torsions, déviations, mais il perd la tête ! On va recommencer à l'insulter, à l'accuser de tous les vices, à lui faire subir affront sur affront. *Bourreau.* Après ce qu'il a enduré, il ne peut pas retomber ladedans

Une révolte, une fureur gagnaient Florentine.

La porte s'ouvrit. Un commissionnaire entra.

« Monsieur le ministre du Commerce et des Travaux publics, monsieur Adolphe Thiers, fait savoir qu'il vient rencontrer monsieur Delacroix. »

L'homme fit signe à Florentine et à l'appariteur de se retirer au plus vite.

« Monsieur le Ministre », avertit-il en agitant une clochette.

Le peintre marchait au-devant du visiteur. Pas étonnant, en réalité, qu'Auguste Thiers eût lâché ses dossiers pour venir le rejoindre dans cet excitant moment d'inspection *in situ*. Sans se l'être avoué, il l'attendait. Tous deux étaient complices. Les projets, les nouveautés, le survol des audaces futures, c'était ce dont ils raffolaient l'un et l'autre.

« Monsieur le Ministre ! Je suis très honoré.

– Mon cher ami… Alors ? Prenez-vous vos marques comme vous le désirez ? Vous sentez-vous d'attaque ?

– D'attaque, c'est le mot ! Si on veut qu'un pouls se mette à battre dans cette salle, il va falloir batailler.

– Ce qui ne doit ni vous déplaire, ni vous effrayer.

– Nullement, nullement. »

De l'extérieur, Florentine les entendait rire. Bien que tendant l'oreille, elle perdit la réplique suivante. Elle se tenait non loin de l'appariteur. Appuyé contre le mur, il la dévisageait.

« Vous êtes le modèle ? »

La jeunesse, la blondeur, l'incongruité de la présence d'une jeune fille en cheveux dans les couloirs de la Chambre, elle devinait son raisonnement. Et que des pensées scabreuses lui venaient.

« Les peintres mettent des nus partout dans les tableaux de nos jours, dit-il.

– Ils en ont toujours mis, c'est une tradition en peinture », dit Florentine.

Elle eut un frisson subit. La température du corridor était encore plus basse que celle de la salle et posait sur ses épaules une sensation de suaire glacé.

« Vous gelez, constata l'appariteur, revenant à la charge.

– Non, du tout.

– On prend la mort, ici. »

Il se rapprocha à la toucher. Elle sentit son souffle acide lui balayer le cou. Elle recula. Il dit :

« J'imagine qu'on n'a pas révélé toute la vérité au peintre sur cette salle.

– La vérité ? L'humidité, vous voulez dire ? »

Elle avait identifié immédiatement à son entrée l'odeur qui flottait dans le Salon du Roi. Une odeur, pour elle, presque familière. C'était la même, en moins prononcé, que celle du vieux presbytère.

« Il y a des fissures. La peinture ne tiendra pas sur ces murs.

– Nous travaillerons les fonds, nous ferons ce qu'il faut faire. »

Il eut un haut-le-corps. Le *nous* arrogant de la jeune fille en cheveux l'écartait de l'événement, comme il avait été écarté quelques instants plus tôt du lieu sur lequel il avait droit de surveillance.

« Monsieur Delacroix est très contesté en haut lieu, dit-il, agressif.

– Je sais, dit Florentine.

– J'ai lu l'article dans le *Constitutionnel*. Ils n'y vont pas de main morte ! Monsieur Delacroix a des ennemis jurés. Monsieur Thiers a été inébranlable à son sujet, reconnut l'appariteur en tentant de resserrer les bords de sa veste galonnée trop étroite pour sa taille, mais monsieur le Ministre n'est pas seul. Il a des opposants qui comptent.

– Monsieur Delacroix est le meilleur peintre, il fera ce qu'il sait faire.

– Le meilleur ! »

L'homme voulut s'esclaffer, mais une longue toux lui déchira la poitrine.

« Le meilleur ! Dites-moi, comment décrète-t-on que monsieur Chose serait *le* meilleur peintre, comme on dirait *le* meilleur bottier, *le* meilleur charcutier, le meilleur chocolatier de Paris ? Sur quel critère ?

– Il n'y a pas de critère. On trie. Le regard trie. C'est simple… »

Elle eut un geste de lassitude pour lui signifier que la conversation était achevée. Elle remit sa cape et tendit l'oreille. La porte de la salle était restée entrouverte. On entendait, à distance, le peintre et le ministre arpenter le Salon du Roi avec une belle énergie. Ils s'offraient une conversation animée.

« Je vous l'avais exposé, impossible ici, dans nos climats parisiens, de peindre *a fresca* comme en Italie. Je le regrette. La fresque a un charme de spontanéité délicieux. Une fluidité que j'apprécie. Mais c'est impensable à Paris, l'acidité du salpêtre dévorerait tout.

– Comment comptez-vous faire ?

– La cire fondue en pommade… le vernis copal ajouté aux préparations, devraient pouvoir donner l'effet de matité et de fraîcheur. Avec des mélanges très étudiés, ce sera quasiment à s'y tromper. Quant au bandeau… cette lourdeur du bandeau est insupportable, il va falloir le faire disparaître… Pour la décoration des pilastres… »

Il hésitait.

« La France est baignée par des mers. Pourquoi ne pas faire figurer les mers avec les fleuves… L'océan serait une puissante figure. Regardez ! »

Ils avaient dû s'arrêter de marcher. Ils devaient scruter quelque chose.

« Cette salle carrée est un poison ! Levez la tête… vous sentez comme le regard est entravé par tous ces cloisonnements épais au plafond. Il va falloir trouver des solutions… suivre les Italiens, ils ont tout inventé pour ces bâtiments qui posent problème. Véronèse en particulier. Et aussi, revoyez-vous, monsieur le Ministre, ces torsions des figures de Michel-Ange… ces larges torses déviés de leur axe… ces jambes ployées qui donnent un si beau développement au corps humain ? »

Voilà qu'il recommençait. Un élan irrépressible le ramenait à ses obsessions. Atterrée, Florentine frémissait d'entendre ce qu'elle entendait. Sur le ton de la plus extrême politesse, il ne cachait plus ses intentions.

Figures tordues. Corps torturés.

La violence s'immisçait dans l'enchantement programmé du Salon du Roi. La violence en marche ramenait Florentine à ses vieilles terreurs et, derrière la mince cloison qui la séparait du peintre, le son sourd d'un pas se faisait entendre. Feutré, régulier, menaçant, sorti des entrailles de la terre, il arpentait le sol de la salle royale.

Il était là. Elle se sentit défaillir.

On ne défie pas, on ne réveille pas le Voyageur Noir.

16

Au presbytère, c'était en dehors de la lecture du tarot. Il est important de savoir que c'était autre chose dans les usages là-bas, mais, quoi qu'il en fût, l'opération d'exorcisme à l'encontre du Voyageur Noir, cela, le curé l'ignorait aussi. S'il l'avait su, il l'aurait interdit.

L'heure n'était pas fixée. C'était presque toujours la même. C'était vers les neuf heures du matin que ça se passait, les jours d'obsèques. On aurait dit que, à la demande, le ciel se plombait et que la mer verdissait. Hormis cela, ni miracles ni prodiges, mais la sœur du curé sur le qui-vive. La sœur du curé vêtue d'une pelisse à longs pans, un manteau de magicien couleur de lichen, fermé jusqu'au cou par huit boutons en os et très large dans le bas.

Elle est reliée aux anciennes connaissances. Le curé en est tenu à l'écart, mais Florentine, elle, a été formée. Elle sait que le Voyageur

Noir s'apprête à sortir de l'horizon, qu'il marche à pas lourds vers l'église et vers la procession en pleurs, vers le petit cheval bai qui ouvre le maigre défilé de deuil. Et qu'à la sonnerie des cloches, déjà, il a mis le cap sur le hameau pour emporter au fond des océans l'âme du mort et le mal qu'elle traîne avec elle.

Ce qu'il faut pour que le mort s'en aille au paradis, c'est le lui ôter, ce mal, au plus vite, avant l'arrivée du Voyageur qui le veut pour son banquet funèbre. Le faire à la première heure, en muselant ses peurs, sans crainte de le prendre sur soi.

Assise sur le sol de l'armoire vide qu'elle a placée secrètement à cet usage sous l'auvent de l'appentis, tel un petit théâtre confidentiel et dramatique, la sœur du curé s'attelle à la tâche. La porte reste entrebâillée. Par grande concentration d'esprit, elle amorce l'ardu travail de dissociation. Florentine est là.

« Écoute, tu entends… L'air se charge… L'armoire le dit, l'âme est entrée, nous y sommes… C'est lourd. Les salissures, les poisons… Sens ce qui se passe… »

L'atmosphère autour d'elles devient oppressante, irrespirable même, mais la bougie piquée d'un clou de girofle est tenue ferme entre les mains de la vieille femme. Elle sourit pourtant, on dirait que ses cils se poudrent de bruine et que le manteau se ramollit comme de la gelée contre son corps minuscule, qu'elle va se changer en un ruisseau, disparaître, mais d'un coup, surprise, plus rien. Ses pouvoirs s'arrêtent. Elle a besoin de la petite, car la conjuration, pour aboutir, requiert la candeur et la majesté de l'enfance.

« À ton tour, tu sais… Enlève tes sabots et tes bas, pose tes pieds nus sur les lattes. »

La fillette obéit. Le fond de l'armoire est rêche sous les pieds et il y fait un noir effrayant de fond de bois. Sa gorge se serre, mais elle n'a jamais refusé l'armoire avaleuse de mal, jamais pleuré devant. Elle est fière par-dessus tout et la sœur du curé est devenue sa mère après sa propre mère emportée par une fièvre maligne, quand elle était petite. Et les fois où la sœur du curé soigne ses égratignures, ou bien quand elle lui chante des berceuses dans un dialecte inconnu, elle est inondée de bien-être.

Très doucement la vieille femme la saisit aux épaules, la pousse. Ferme la porte. Tire le loquet. Plus de lumière.

« N'aie pas peur, je suis là. Tu as le don, commence ! Écrase ce purin de l'âme du pauvre mort qui nous arrive à pleins bouillons. Écrase-le, de toutes tes forces, de toute ton âme, foule-le aux pieds. De toutes tes forces, détruis tout ! »

La voix de la sœur du curé se hausse de trois tons, et ce qui en sort, ce qu'elle improvise à cet instant, on dirait un chant flûté, fragile, irréel comme une élégance déplacée venue d'ailleurs, dans ce moment d'exorcisme qui vacille entre deux abîmes. Florentine écoute, mais elle ne vit plus de sentir son corps se glacer sous l'attaque de ces deux noirs, celui de l'armoire fermée sur le secret funèbre et celui de la boue sortie de l'âme du pauvre mort, qui l'assaille, qu'elle sent enfler. Qu'elle fait le geste d'écraser, dix fois, vingt fois, les yeux écarquillés sur les ténèbres, tandis que la sœur du curé bat le rappel derrière la porte en évaluant le temps.

« Encore, dit la voix de théâtre plus enveloppante qu'autoritaire… Les coups, les incendies, les terres volées, les innocents trompés, salis, je vois le laid… »

En elle, la fillette enfermée dans le ventre de chêne, se déversent toutes les salissures. Et, certaines fois, elle croit entendre des sanglots, des cris de désespoir, de terreur, contre son oreille. Elle est agitée de tremblements d'effroi.

Si elle le fait, si elle brûle le mauvais avec son esprit, avec son jeune corps offert sans réserve à l'épouvante, elle sait que le Voyageur Noir, glissant ses membres flasques entre les huisseries, ne trouvera plus rien à saisir. Il s'en retournera dans la profondeur des océans. Il faut poursuivre. Mener le rituel à son terme jusqu'à ce que résonnent les coups. Trois petits coups de poignard, détachés, impérieux, portés contre la porte avec le manche du couteau à huîtres par la sœur du curé. C'est elle, la Devine, qui entend l'ordre final et le transmet. Dans son habit de cérémonie ouvert sur sa mince poitrine car elle sue, depuis le début elle sue à grosses gouttes, c'est elle qui cueille la petite à son retour au monde, presque froidement en apparence, sans jamais la prendre entre ses bras, c'est plus fort qu'elle, elle ne peut pas, elle n'a jamais pu la cajoler, malgré l'envie qui lui emplit le cœur et qui, à cet instant, lui coupe la respiration.

« Amen !... Ainsi soit-il, béni soit Dieu. Viens, rentre avec moi, il y a du lait sur le feu. »

Elle ajoute tout ce qu'elle peut ajouter de joyeux pour remettre d'aplomb sa petite, pour l'apaiser, car elle sait l'épreuve terrible. Elle sait son courage et elle l'admire, elle l'aime, elle l'aime passionnément.

Mais, ensuite, l'enfant voit encore le noir. Et quand elles s'en vont retrouver la salle du presbytère, la petite est infiniment longue à reprendre vie. Le froid dure encore dans ses membres. Longtemps, elle sent ce noir la poursuivre.

17

Pour bien faire le lien entre les choses, pour sentir la sourde bataille qui se jouait au presbytère autour de Florentine, il faut revenir à l'origine du livre, ce fameux livre d'heures qu'on avait fourré dans le pétrin pour le cacher aux regards.

Cela se passait en l'an 1203. C'était le temps de la quatrième croisade. Il y avait des attaques, des pillages et des affrontements sanglants à Constantinople. Quand il sortait, le miniaturiste flamand en avait entendu parler. Comment en aurait-il été autrement, les nouvelles se colportaient dans toute l'Europe. Il avait remarqué qu'en effet, la nuit, les chouettes et les effraies gémissaient dans les arbres à vous retourner l'âme. Il priait pour la fin de ces crimes, mais ce jour-là les crimes lui étaient sortis de la tête. Il jubilait. C'était le bout de son Grand Œuvre.

Huit années durant, il avait travaillé aux enluminures du livre d'heures que, chaque matin, il mêlait à ses prières, à la culture du jardin de simples et aux sonneries de cloches, car il était aussi carillonneur et guérisseur. Sans relâche, dans sa ville de Bruges, avec ses pigments de couleur, ses feuilles d'or et ses pinceaux, il avait orné les pages des textes.

Cet après-midi-là, il faisait tiède. Le vent du sud soufflait dans les tilleuls en fleurs. Il était tout à l'allégresse de cette fin et, d'un seul jet, il avait composé sa dédicace. Il l'avait glissée sous la reliure et il avait scellé le tout avec de la colle de lapin. Sur le parchemin était écrit :

Viens, toi, l'inconnu du lendemain,
Viens reposer dans mes vols d'oiseaux roses
Et sur mes ciels d'orages violets
Et sur le bleu de mes manteaux de saints
Tes membres fatigués, ton âme meurtrie.
Viens te mirer sur les lacs de mes feuilles d'or.
Penche-toi sur la page,
Tu verras tes douleurs te fuir
Et ton esprit s'apaiser.

Alors ?

C'est là, bien sûr, qu'il faut se poser des questions au sujet de l'interdiction lancée par la sœur du curé. Ne pas ouvrir, ne pas approcher le livre d'heures. Pourquoi ? Parce que, les mystères. Parce que, être modeste. Parce que, savoir ne pas savoir. Bref, ce qu'elle avait dit ou rien, c'était pareil, et ce rien bouclait habilement le sujet.

Mais avait-elle seulement jeté les cartes sur la table pour lancer une divination, comme elle l'avait affirmé ? Elle n'avait pas donné le détail des figures, ainsi qu'elle le faisait toujours chez le pharmacien ou ailleurs, avec une fierté de chef de bataille exposant ses plans. Cela, c'est déjà un indice. Et aussi, comment les lames n'auraient-elles pas décelé immédiatement ce qui frémissait à proximité du livre d'heures ? L'appel insistant de l'œuvre d'art, l'œuvre achevée du miniaturiste n'en pouvant plus de ne pouvoir s'offrir aux regards.

La sœur du curé ne craignait-elle pas que le livre n'embrouille la sienne en cours, d'œuvre ? Que le souffle puissant du livre n'anéantisse ce qu'elle appelait de ses pratiques dans le ventre creux de l'armoire. Les salissures et les poisons. Les prétendues boues en transit, qui changeaient la fillette blonde en ce petit être haletant, terrassé, dont elle allait tresser les cheveux avec délices au bout du pré, ensuite.

18

Le voyage en Normandie.

Au début, Hyacinthe n'avait pas accordé grande importance à ce voyage en soi, mais à mesure qu'approchait le presbytère, sous l'air brûlant d'un orage qui semblait ne jamais vouloir finir, le voyage l'avait arraché à lui-même. Assis dans le coche sous une couverture de laine, aux côtés de son épouse Émilienne, il sentait les étendues de terre et les taillis de baies sauvages. Il lui arrivait de s'assoupir. Au réveil, il gardait en lui le profond de la campagne.

Émilienne, les yeux au loin, semblait perdue dans ses réflexions. Il n'aurait su dire si elle éprouvait ce qu'il éprouvait, si elle pensait ce qu'il pensait. Parfois, tous deux échangeaient un mot par-dessus le mugissement du vent. Ils se regardaient intensément.

À deux reprises, un mouchoir contre les lèvres, Émilienne avait lancé au cocher : « N'insistez pas, faites demi-tour, le sol est détrempé, nous allons nous embourber. Revenons demain. » Il soupçonnait qu'elle était moins effrayée par les éclairs et par le roulement de la tempête que par la perspective du changement qui allait bouleverser leurs vies.

Au bourg, on les avait prévenus en dramatisant. « Attendez. Ne partez pas. Par ce temps, le vent, les vagues, on se perd, les chemins sont noyés. Prenez une chambre en attendant. »

Au bourg, on avait vu qu'ils étaient riches et on avait tout fait pour les retenir. Mais Hyacinthe n'avait rien entendu. Il avait dit : « Non. Ne changeons rien. On nous attend au presbytère. Nous leur devons la politesse d'arriver comme prévu. »

Il n'avait pas tort d'être confiant dans son expédition, car, en fait de folie, la lettre envoyée par le curé un mois auparavant était la plus pertinente, la plus complète qu'ils eussent jamais reçue, lui et son épouse, à propos de leurs affaires personnelles.

Cette lettre offrait toutes les informations nécessaires sur l'adolescente à adopter, leur nièce. Comment ils s'y étaient pris huit ans plus tôt, sa sœur et lui, pour rétablir la santé de la petite, quand elle était arrivée, chétive, maltraitée, de chez le père qui sifflait à longueur de journée du calvados dans son étude de notaire vide. Et qui ne cachait plus ses visées d'ogre sur sa fille, depuis la mise à pied du précepteur embauché à la mort de la mère.

Peut-être bien que le curé avait une allure de meneur de charrue. Mais sous les traits taillés à la serpe se cachait une souple intelligence. Il avait pesé avec minutie toutes les raisons qui faisaient pencher pour une expédition de Florentine à la capitale. Le raffinement de ses goûts, donnant à penser qu'elle sortait d'un lieu tenu alors que la maison du père était un gourbi infâme. Son attirance pour les lectures profanes. Sa collection de nacres de mer. Son écoute de la marée, des vents, des cris d'oiseaux, si fine et si profonde que c'était un moyen instantané de traverser les épaisseurs de solitude entourant le presbytère. Et surtout, au-delà de tout, le curé avait noté que les inventions de Florentine étaient distinctes de ses connaissances et de ses croyances à lui, bon prêtre affilié aux dogmes et pris dans l'océan des misères humaines.

Elle avait une fois exposé sa collection de nacres dans la boutique du pharmacien. C'était si étonnant, ces coquilles posées sur des planches tapissées d'algues, pour former une vertigineuse pyramide irisée, qu'on avait cru utile de déranger le châtelain. De l'appeler en visiteur et en témoin. Il était venu. Il s'était exclamé :

« Mais c'est un cabinet de curiosités ! Cet assemblage, c'est ce qu'imaginaient autrefois les grands voyageurs pour évoquer à leur retour l'immensité du monde. Cette fillette aurait-elle voyagé ? »

On lui répondit que non et il s'en alla, interloqué. Et ce fut tout.

Et puis il y avait les papillons. Son précepteur, féru d'entomologie, lui avait donné des connaissances érudites sur le sujet. Elle en raffolait. Elle leur parlait. Elle s'était aperçue que, de manière générale, c'étaient des êtres qui ne peinaient pas, qui ne se décidaient pour rien, qui se trouvaient tout juste bienheureux à musarder dans la grâce de la lumière. Et elle avait pressenti que les saints, d'une essence inférieure à celle des anges, devaient s'offrir des sorties sur ces petites ailes éphémères. La brièveté des vols était un indice. À la suite de quoi, avec méthode, elle avait classé les saints recensés au presbytère en espèces de papillons.

Le curé avait trouvé la liste écrite et des dessins annotés, dans la pièce sombre où on posait la paillasse de nuit de la petite.

Il avait été scandalisé, puis dérouté. L'idée que, par beau temps, son saint François vînt en piéride du chou flotter au-dessus des champs de trèfle l'avait blessé. Il n'avait pas aimé non plus devoir imaginer les douze apôtres grisés de liberté dans la lande, sous la forme d'un essaim de ces papillons clairs qu'on appelle les *petits nacrés*. Il s'était tu. Il avait réfléchi. Longuement et avec gravité réfléchi, car, depuis un temps, tout ce qui prenait corps en la petite, tout ce qui se développait en elle et la ravissait, la retranchait de leur monde de foi pure et simple, à sa sœur et à lui.

Il avait conclu qu'en fait d'ouverture au surnaturel, il y avait chez Florentine des dons de divination, de pénétration sûrement, mais toujours à la limite de l'hérésie et inadaptables, pour ne pas dire inacceptables, dans une vie de presbytère.

Le cœur serré, il avait pensé à cet endroit lié à la famille de Florentine, dont le châtelain les avait entretenus aux funérailles du père, Théodore Galien, finalement emporté par une crise éthylique. Un lieu au centre de Paris que le curé voyait, depuis sa pauvre église battue par les vents, comme un édifice entouré de jets d'eau et de souples ramures, semblables à celles qui éventèrent Jésus acclamé sur son âne, le jour de son retour à Jérusalem. Ce lieu, c'était le Lampas Bleu.

Quand tout fut explicite dans sa tête, il convoqua sa sœur à la sacristie. La perspective de lui parler, de ne pas fléchir, même si elle cherchait à l'enjôler, lui rendait la démarche difficile. Aussi, malgré sa répugnance envers le sujet, il invoqua les lames. Les indications et les fulgurances des lames. Il se doutait qu'elle pratiquait toujours. Sa délicatesse lui dictait que passer par cette voie atténuerait la secousse.

« As-tu fait des divinations ces derniers temps ? » commença-t-il.

Sa sœur le regarda, les yeux agrandis, sans expression.

« Parfois.

– As-tu interrogé à propos de Florentine ?

– Non, dit-elle, sentant au goût acide dans sa bouche que la conversation prenait un tour effrayant.

– Florentine nous a été donnée, Henriette. Florentine va nous être retirée.

– Retirée ? Retirée ? » répéta-t-elle trois fois de suite.

Elle n'avait plus de voix, plus de connaissance. Les murs, le ciboire d'argent terni sur la table, le surplis de son frère, la large figure de son frère, cette bonté débordante et visible, tout se dérobait.

« Tes lames ne t'ont-elles pas indiqué que Florentine n'était pas faite pour vivre ici ? Que ses dons et ses dispositions l'en écartent de toute évidence ?

– Je n'ai pas interrogé là-dessus, Charles Auguste.

– Parce que tu sais.

– Je sais ?

– Que les talents sont les talents. Tu connais la parabole. Florentine n'a pas choisi les siens.

Pas plus que tu n'as choisi, toi, de partager le pain de l'aumône avec plus pauvre que toi. »

Elle éructa.

« J'avais d'autres talents, Charles Auguste. J'avais celui de lire dans l'avenir. »

Le curé ne releva pas.

« Cette petite ne nous appartient pas, tu le sais. »

Si elle le savait, que la petite n'appartenait à quiconque !

Et pourquoi croyait-on qu'elle eût interdit ce livre d'heures bourré d'échappées enchanteresses et d'insensés voyages avec les saints, les empereurs et les astrologues ? (Livre qu'elle avait longuement feuilleté, elle, avant d'en signaler la présence.) Pourquoi avait-elle institué, fixé, imposé, le terrible protocole de l'armoire ? Le Voyageur Noir s'insinuant à pas de loup derrière le corbillard cahotant, le pauvre mort couvert d'opprobre à sauver, l'âme aux abois s'abattant sur la petite, terrassée de peur dans sa prison de bois. Pourquoi, si ce n'était pour sentir le cœur affolé de Florentine battre contre le sien, derrière la porte ? Et conclure dans un nuage de félicité (céleste félicité, instant à damner son âme, qu'elle n'aurait pas avoué sous la torture : « Sors, Florentine, je suis là »). Et l'emmener bras dessus, bras dessous au bout du pré, lui chanter ses berceuses, le faire à tout jamais, à sa façon, indéfiniment la consoler. Pour indéfiniment la garder auprès d'elle comme son enfant unique.

Elle le savait, que Florentine s'évadait par tous les bouts de son esprit. Elle savait que, dans toute sa clientèle, il n'y avait pas d'esprit plus libre que celui de la petite.

Révoltée, elle dit :

« Entre toi et elle, si je dois choisir, Charles Auguste…

– C'est tout choisi. C'est choisi et tu le sais. »

Et il lui parla de souffrance et de sacrifice. Il lui parla de Paris, qu'il n'avait jamais vu. Il lui fit miroiter un séjour de paradis pour leur petite qui ne l'était plus et venait d'atteindre ses dix-sept ans. Il convertit son cœur à l'idée de ce renoncement, à ce geste sans pareil du plus grand amour s'effaçant pour l'être aimé. Il lui révéla que Florentine avait un oncle très riche, sans descendance et en mal d'adoption. Depuis longtemps il le savait. Cet oncle lui avait écrit plusieurs reprises, mais il avait chaque fois repoussé l'échéance, prétextant les vertus de l'air marin utiles à la santé de leur petite. Il avait faussé la donne, il l'avoua. Et il parla de l'enfant prodigue qui, dans ce monde ou dans l'autre, revient un jour se blottir dans vos bras et demeure contre votre cœur, pour l'éternité. Il fut inspiré, magnifique, généreux en paroles, comme il ne l'avait jamais été en chaire, car il parlait cette fois pour lui-même, pour sa détresse aussi profonde que celle de sa sœur.

Tendus à l'extrême tous deux, assis côte à côte sur le banc de la sacristie, ils pleuraient et ils se tenaient la main comme des enfants. Longtemps ils restèrent là, à ne plus rien distinguer de l'avenir, à communier dans le déchirement de ce départ annoncé. Au bout d'un moment, le curé dit :

« Je vais écrire à cet oncle, lui parler d'elle.

– Que diras-tu ?

– Je parlerai de sa grâce… de cette manière qu'elle a de marcher, qui n'est pas de la campagne.

– D'où, on ne sait pas, c'est exact. C'est vrai, on ne sait pas d'où ça vient, on peut se poser la question », approuva sa sœur.

*

* *

Le sentiment d'attachement, de tendresse et de nostalgie qui ressortait de la missive solennelle arrivée galerie d'Orléans bouleversa Hyacinthe et sa femme. Ils répondirent sur-le-champ. Depuis des années, ils souffraient de l'absence d'enfants, mais, chez la tante bigote, cette souffrance avait tourné en un douloureux sentiment de faute. Suspendant la longue attente, la lettre du curé lui sembla être l'anticipation d'un pardon envoyé par la divine Providence.

Elle fut submergée de joie.

« Nous viendrons de concert, ma femme Émilienne et moi, chercher Florentine Victorine Marie, écrivit Hyacinthe dans un style un peu ampoulé, lié aux circonstances. Nous la prendrons dans le courant de mai. En raison de l'importance de nos affaires et de la santé fragile de ma femme qui ne supporte pas la campagne, nous ne pourrons nous accorder qu'une courte halte en Normandie. Il faudra nous préparer l'enfant. »

Quand, au bout du périple, ils poussèrent la porte, bousculés par une rafale de vent d'ouest qui faillit les jeter à terre, un grand feu de sarments brûlait dans l'âtre. La tante, cette brillante commerçante, se sentait un peu perdue à la pensée de devenir mère dans l'heure qui allait suivre. Elle jugea digne la pauvreté de la salle. Elle chercha sa nièce du regard et ne l'y trouva pas. Le curé ne faisait aucune allusion à cette absence. Sa sœur passait des pommes en galettes sur une assiette ébréchée et se rasseyait sans mot dire, les mains sur les genoux, l'expression revêche. Quand l'assiette fut vide, elle sortit, clopina jusqu'au grenier, tint un pendule au-dessus d'un plan du village de son exécution, par télépathie vit la petite postée à la lucarne d'une grange voisine, en train de dire son amour déchiré à la lande.

Elle resta un temps à se joindre à elle en esprit, à lui rappeler leurs joies dans les prés de l'été, le territoire immense des tarots qu'elles avaient partagé et leur secret, ces terribles traversées du mal au fond de l'armoire. Les larmes ruisselèrent sur ses paupières. Elles rejoignirent à travers l'espace celles de l'enfant penchée au bord de la fenêtre, devant laquelle se levait un croissant de lune dans le ciel devenu limpide, car l'orage était fini.

Quand elle parvint à maîtriser son désespoir, elle retourna à la salle. Son frère faisait la conversation.

« Ne cherchez jamais à retenir Florentine, disait-il. Vous la perdrez. Florentine s'en va et elle revient. Il y a avec elle des temps d'attente. »

Le feu jetait des lueurs tremblotantes sur l'oncle et sur la tante assis dans l'âtre. Elle, sensible, le teint frais mais le regard inquiet, sanglée dans une robe de satin cerise à volants noirs et coiffée de bouclettes nouées en grappes de cassis sur le haut de la tête. Lui, répétant : « Alors, cette enfant, cette jeune enfant, que fait-elle donc, pourquoi tarde-t-elle, nous sommes impatients de l'apercevoir, allons-nous bientôt la voir ?

– Ne la bousculez pas. Elle finit ses dernières oraisons, dit la vieille femme avec sévérité.

– C'est bien », approuva la tante avec un sourire charmant.

Et presque aussitôt, dans une odeur de menthe fraîche et de brume marine, Florentine entra, diaphane, la chevelure dorée lâchée sur les épaules, vêtue d'un tablier en loques dont les poches débordaient de coquillages, les yeux très largement ouverts où tremblait une sourde détresse, mais elle souriait et ce sourire qui s'éternisait tranchait avec la gêne des uns, avec l'effacement et la tristesse des autres.

Dans cette marche qui traversait de part en part la misérable salle basse comme elle aurait traversé le cours du temps, il y avait du *rêve*, ils pensèrent tous à peu près la même chose, sans bien savoir ce que cela signifiait. Du rêve, c'était tout autre chose que de la grâce. C'était signe que celle qui marchait portait tout un monde de bouillonnements intimes et de connaissances jamais révélées à quiconque, hormis au curé, mais celui-ci ne se l'était pas avoué.

La tante, à l'apparition, fut parcourue de frémissements nerveux. Elle s'attendait à une misère à soulager, pas à cet éclat à affronter. Revoir, tout revoir, mais aussi tout protéger, se dit-elle, éblouie. Donner de strictes instructions au professeur de civilité, avant tout contact avec la boutique. Faire friser cette épaisse chevelure au fer, l'attacher avec des rubans de couleur. La matière est là, elle est gracieuse, elle est délicieuse, il faudra simplement travailler la matière.

Elle savait à qui elle allait confier l'affaire. Elle avait déjà retenu les services d'un certain Ferdinand Rival de Leps, un vieux garçon de famille, ruiné, très éduqué, qui avait de l'humilité et des mouvements de danseuse quand il se déplaçait.

L'oncle, quant à lui, s'était levé d'un bond de sa chaise, pénétré de la certitude de s'apprêter à aimer comme il n'avait jamais aimé.

« Florentine Victorine Marie, dit-il avec un geste des deux bras, le Lampas Bleu, notre boutique, t'accueillera comme l'enfant de la maison.

– Comme notre enfant d'adoption. Monsieur le Curé, les papiers sont là, ajouta la tante, tendant une grande enveloppe et une bourse de satin boursouflée. Ainsi qu'un don conséquent pour vos œuvres. »

Florentine entendait, contemplait, interdite. Elle tentait de se faire une opinion sur ces parents inconnus et puissants, auprès desquels allait se jouer sa vie. Il lui semblait qu'une très forte marée venait d'entrer dans la salle et qu'elle allait submerger les chaises, la table bancale, les deux êtres modestes avec qui, le soir, sous la bougie, elle n'avait fait qu'un seul corps et un seul esprit.

« Combien de temps te faut-il pour finir tes préparatifs ? » s'enquit la tante, plus détendue, prenant sur l'assiette la dernière galette aux pommes qu'elle trouvait moelleuse.

Florentine demanda une heure.

En manière d'adieux, elle alla embrasser le chat.

Elle alla auprès de la huche à pain où se trouvait le livre d'heures. À être venue si souvent retrouver ses sortilèges, à savoir que cela ne se produirait plus, elle n'osait le prendre une dernière fois entre ses mains. Mais son cœur se mit à battre à tout rompre. Une effervescence se fit autour. C'était le livre qui l'exigeait. Le livre lui demandait de s'approcher. Elle s'exécuta et un courant en sortit qui se saisissait d'elle, l'emportait loin de la huche, la plongeait dans un tourbillon effréné au centre duquel rayonnait l'évidence d'un pacte qu'elle aurait à passer avec elle-même, un pacte susceptible d'élever sa vie à des hauteurs qu'elle ne pouvait soupçonner.

Elle le feuilletait. Sous ses doigts, le livre se mit à résonner comme un cristal et, d'une page à l'autre, les couleurs s'échappaient, se diffusaient en écharpes vaporeuses dans l'atmosphère noyée. Plus aucune scène n'était lisible. Bousculée par ces turbulences, elle posait la main sur chaque page pour tenter d'apaiser le mouvement, mais n'y parvenait pas. Elle s'aperçut que, ce faisant, elle avait détaché de l'ongle un petit morceau d'or. Elle l'examina, vit l'éclat au creux de sa paume. Et la chose surgit. La chose, la révélation. C'était elle qui parlait tout haut. Sa voix n'avait pas la sonorité de sa voix, mais c'était elle. Elle dit ce qui se dévoilait, l'inimaginable évidence qui couvait depuis le premier regard du premier jour dans la chaleur du livre d'heures : *Je serai peintre.*

Le coup sourd d'une vieille pendule avait sonné six heures quelque part, loin. Un apaisement se produisait. Un grand calme en elle et entre les pages ouvertes. Une satisfaction du livre d'avoir trouvé à qui transmettre. Elle murmura à nouveau, sachant que cela serait désormais sa préoccupation perpétuelle : Je serai peintre. Les yeux fermés, elle garda le livre encore un peu contre sa poitrine et, avec d'infinies précautions, l'emmaillotant dans les tours et les tours de drap usé qui le protégeaient, elle le remit dans les profondeurs de la huche et le laissa à son secret.

Quand elle retourna à la salle, elle serrait au fond de sa poche, en guise de talisman, une coquille de bernard-l'ermite où reposait la petite lunule d'or enlevée aux pages du livre d'heures.

Chacun vit son regard. Tous eurent la certitude qu'il s'était produit un événement et tous réprimèrent de l'appréhension. Le curé se leva, la bénit, glissa dans son sac une lettre cachetée à l'attention de l'archevêque de Paris.

« Cet ecclésiastique est un ami d'enfance, souviens-t'en, lui dit-il tout bas. Il t'accueillera s'il le faut. »

Elle ne se refugia pas entre ses bras ni ne l'embrassa, car ces gesticulations et ces pratiques n'avaient pas cours au presbytère. Elle leur mit dans la main, à lui et à sa sœur, deux de ses plus beaux coquillages blancs, dont les stries régulières répétaient sur toute la surface le mouvement rythmé des vagues.

Au-dehors, un rossignol chantait par-dessus le ressac de la mer apaisée.

Quand le coche laissa les voyageurs au bourg, la tante demanda à l'aubergiste de les faire dormir avec leur enfant, elle et son mari. On mit une veilleuse à brûler dans la chambre pour chasser les ombres et, aux lits, des draps de chanvre propres. Tout fut fait pour créer une sérénité de bon augure, mais au petit matin Florentine se dressa en sueur, réveillée dans son cauchemar par le cri de la vieille femme du presbytère privée de la présence de sa protégée.

Le curé aussi, au fond de sa chambre, était en proie à une insomnie atroce. Il pria beaucoup, mais il n'en parla pas. Il ne sut jamais que, de son côté, sa sœur était allée passer la nuit dans l'armoire, prostrée, égarée, attendant les trois coups frappés contre la porte, oubliant ses tricheries, ses stratagèmes et ses connaissances véritables, oubliant que c'était elle qui frappait, oubliant jusqu'à son nom et celui de l'enfant blonde à jamais disparue de leur vie de renoncement.

19

La ville ne fut pas du tout ce que Florentine imaginait. La découverte de la ville ne fut pas grand-chose à son sens car, dans la perspective de lui laisser le temps d'oublier le presbytère, on la confina dans l'appartement de la galerie.

Elle avait reçu à son arrivée une chambre à deux fenêtres, un lit surmonté d'un baldaquin de perse, un meuble à toilette anglais garni d'une kyrielle de pots en verre et un début de garde-robe. Elle avait accepté le tout de bon cœur, mais refusé de laisser friser ses cheveux au petit fer par le coiffeur de la tante, affirmant qu'élevée à l'air marin, cette chevelure épaisse ne pourrait supporter ni élagage ni soin particulier.

« Je veux sortir, je voudrais connaître Paris, dit-elle le troisième jour en entrant à la salle à manger.

– Oui, allons déjeuner au Café Anglais, dit l'oncle qui n'attendait rien d'autre. C'est la meilleure table à l'heure qu'il est. »

Sa femme l'interrompit.

« Pas demain. Pas sans transition, les cafés, Hyacinthe. »

La transition survint l'après-midi en la personne de Ferdinand Rival de Leps. Il poussa la porte et d'emblée, en ôtant sa pelisse, il dit :

« Toutes les villes sont des labyrinthes. Nous allons démêler ces riens enchevêtrés par lesquels Paris, comme les autres villes, se dérobe à nous. »

Florentine n'était pas habituée à ce langage qui s'effilochait en subtilités. Cela ne lui déplut pas. Rien n'était attendu dans ce que disait Rival de Leps. Pendant une vingtaine de semaines, le savant petit homme traqua en elle les habitudes résiduelles de la vie au presbytère. Il l'initia au maintien et aux usages du commerce de luxe. Il affina ses notions en grammaire, la tante y tenant pour la similitude de cette discipline avec les strictes lois de la coupe et de la couture, liées aux étoffes. Il la trouva si vive et si apte à apprendre qu'il ajouta des pas de danse au programme. À tout moment, au cours de ces séances, revenait en Florentine l'obsession du pacte passé auprès du livre d'heures, le jour du départ du presbytère. C'était comme une promesse trahie. Comme un amour interrompu. Ferdinand Rival de Leps s'en apercevait.

Un jour que la luminosité venait de baisser dans la pièce, tous deux se détendaient en buvant une tisane chaude. Il dit à voix basse :

« Vous êtes respectueuse, mais vous êtes ailleurs. Je vous ennuie, moi, Florentine.

– Non, monsieur de Leps, je pense à une chose.

– Une chose ?

– Qui revient. Qui revient tout le temps, qui me poursuit. »

De Leps fut discret. Il ne demanda pas de quelle nature était cette chose.

« Laissez cette chose, laissez-la flotter. Il n'est pas préjudiciable de faire attendre nos désirs, dit-il, et son visage prit une expression vive, virile, inconnue, comme si lui-même était tenu par des obsessions du même genre. Et ne croyez pas que notre travail en ce moment soit inutile. S'appliquer à la correction n'est pas perdre son temps. Quand le respect régnera sur Paris, on y lèvera moins de barricades. Tout est lié. »

Sur quoi, remué par ce langage trop personnel qu'on ne lui avait jamais demandé, il abrégea la leçon et partit avec un bref salut.

C'était un des jours de passage d'Élise, la blanchisseuse. Elle était venue accrocher des rideaux repassés aux fenêtres. En l'absence de la domestique de la maison, elle entra dans la pièce et, comme elle avait le dos moulu, elle s'assit. Elle aperçut Florentine, muette, prostrée, au fond d'un fauteuil.

« Tu as l'air bien sombre, fillette, pourquoi ? Et pourquoi que tu es habillée comme ça à cette heure ? »

Élise avait les yeux partout, observait tout, formulait tout, c'était ce qui donnait une acuité particulière aux relations qu'on pouvait établir avec elle.

« Pourquoi ? insista-t-elle.

– Pour être gracieuse, répondit Florentine. Pour ça juste.

– C'est pas suffisant comme raison.

– Non. »

Et Florentine éclata en sanglots.

Elles conversèrent, le regard de l'une dans le regard de l'autre. Florentine parla de sa mère inconnue et du père. Elle raconta le père alcoolique, pervers, malade de solitude, et tout ce qu'elle lui confiait de lui, tout ce dont elle osait se souvenir, de ses terreurs d'enfant, de ses fuites à travers la lande, jusqu'à la dernière qui l'avait menée au havre du presbytère, elle ne l'avait jamais dit à quiconque.

Élise lui caressa la main. Elle lui dit les malheurs de son enfance à elle. Elle lui dit son métier, les piles de linge souillé par toutes les peaux de la ville et sauvé par l'eau du fleuve. Et les clients. Il y en avait qu'elle considérait plus que les autres. Sa considération ne prenait pas en compte la richesse, mais une forme de similitude avec elle-même, avec sa vie, ceux-là c'étaient les artistes au travail. Elle parla d'un poète qui lui faisait lecture contre l'entretien de ses deux chemises. D'un musicien très doux, qui venait de Pologne, et si attaché à son piano qu'elle le soupçonnait de dormir dessus la nuit. D'un jeune peintre fier qui travaillait, vêtu comme on va dans le monde, inondant ses grands tableaux de couleurs à vous aveugler.

« Et le rouge et le bleu qu'il met, ça t'aspire quand tu entres. Ça fait peur aux gens, il en vend pas trop. »

Et elle conclut :

« Attends un peu de connaître cette ville !... Tes parents vont t'emmener au bal Mabille ou entendre des prêches à te donner le frisson, tu auras pas assez de tes oreilles et de tes yeux pour entendre et pour voir. Mais tout ça c'est rien. »

Elle serra ses deux poings pour donner plus de force à sa formule.

« Il faut aller aux étages, c'est en haut que ça se passe ! »

Florentine l'écoutait passionnément. Élise insista, pénétrée :

« Il faut monter. »

Le discours d'Élise avait ouvert une brèche béante dans l'esprit de soumission très relatif de Florentine. Le soir, au dîner, elle déclara avec plus de conviction encore que la première fois :

« Je veux sortir.

– Il est temps, oui, approuva la tante. Tes leçons t'ont bien profité, je suis heureuse. Tu as bien mérité des distractions.

– Par où commençons-nous ? dit l'oncle, jovial.

– J'ai fait louer deux fauteuils pour *La Sylphide* à l'Opéra. Vous irez demain, toi et Florentine.

– Et toi, toi, Émilienne ! »

Émilienne, le visage penché de côté, regarda son mari dans les yeux, comme pour lui rappeler l'inviolable impératif qui présidait à leurs accords de vie.

« Moi, non, Hyacinthe. »

Sans autre commentaire, elle posa la main sur l'épaule de Florentine.

« Ce spectacle fait l'unanimité, tout Paris y court… Et la gaze blanche des apparitions du ballet vient de chez nous. Vous apprécierez tous les deux… »

L'oncle dit faiblement :

« Justement. J'aurais aimé que nous y allions ensemble. C'était l'occasion, pour la première fois… l'occasion de parler à la petite, toi et moi, de lui donner des détails, chacun les nôtres. C'était l'occasion… »

Émilienne ne répondit pas. Hyacinthe ne demanda rien de plus. Il sentit que le poids d'une conjuration s'était invité dans la pièce. Florentine voyait les mains crispées, les cernes sous les yeux de sa tante et cette sorte d'accablement subit qui se présentait parfois sur son visage. Elle commençait tout juste à découvrir ses singularités.

Le jour même de son arrivée, elle avait remarqué qu'il n'y avait pas plus dissemblables que ses deux parents. L'oncle ne vivait que pour donner du plaisir à la clientèle. La tante croyait être gouvernée par des lois célestes implacables et, pour apaiser l'intraitable Présence, elle ponctuait son existence de sacrifices et brimades librement consentis. À l'heure où, le matin, on servait le café à la crème et les viennoiseries à la salle à manger, elle avalait deux bols de chicorée et du pain de huit jours au fond des bureaux. Le plus souvent, elle dormait seule. Elle n'était pas dépourvue de tempérament, bien au contraire, mais quand elle se changeait en amante, c'était avec des préambules compliqués et en référence à un mémorable voyage à Venise durant lequel, à leur étonnement, elle et Hyacinthe avaient vécu une nuit d'amour torride, derrière les carreaux en cul de bouteille de leur hôtel au bord du Grand Canal. Le lendemain Hyacinthe, bouleversé, était allé acheter chez le joaillier un collier de grenats rouges.

En souvenir de cette nuit d'éblouissement charnel, chaque fois qu'Émilienne abandonnait sa cellule à dormir pour rejoindre le lit de son mari, elle portait le collier rouge dès les premières heures du jour. Florentine ignorait ce code persistant, mais elle jugeait la religion de sa tante difficile à cerner dans la mesure où, par ailleurs, l'intéressée avait le sentiment d'exalter la gloire de Dieu à proportion de l'augmentation de ses bénéfices. À elle, le curé avait assuré au contraire qu'un afflux d'argent fait oublier le sens du monde. Et l'idée que ses parents adoptifs fussent immensément riches lui procurait, par moments, la sensation d'avancer au bord du vide.

Trois jours après le faste et l'émotion de la soirée à l'Opéra, ce fut Ferdinand Rival de Leps lui-même qui annonça le tournant qu'allait prendre sa vie.

« Allez voir votre tante au bureau, dit-il, elle a beaucoup réfléchi à votre sujet. Je crois que votre rôle va être défini. »

20

La tante, imposante, élégante et pâle devant la table de son bureau, se tenait assise au milieu des dossiers. Un sourire plein de mansuétude flottait sur ses lèvres. Elle était rajeunie.

« Tes cours s'arrêtent, dit-elle en prenant la main de Florentine. Tu as gardé ton caractère, mais ton abord n'est plus le même. Ferdinand est un bon maître. Tu vas pouvoir te mettre au travail. Viens avec moi. »

Florentine opina. Elle n'attendait rien d'autre. Les jours précédents, elle avait battu et rebattu les cartes, dans l'espoir d'y rencontrer quelque signe promettant une évolution notoire dans la succession des journées, mais rien ne s'était présenté.

« Il n'y a plus personne en bas maintenant, c'est tranquille », constate la tante.

Elles prirent chacune une chandelle car, à cette heure tardive, le gaz hydrogène n'arrivait plus aux grands lustres centraux et, dans un silence d'église, elles entrèrent.

Le Lampas Bleu, établissement de luxe habituellement inondé de lumière, avait été conçu comme une boîte à secret chinoise. C'était un lieu profond, clair, tapissé de menuiserie vernie, avec de petites alcôves abritant les divers textiles, du blanc de fil aux lainages, aux indiennes, à la lingerie, aux châles et aux rouleaux d'étoffes. Jusqu'au centre où s'érigeait un somptueux palanquin pourpre dédié aux grandes soies.

Avançant avec majesté entre les comptoirs, la main tenant celle de Florentine, la tante pour une fois se montrait volubile et semblait presque à l'aise.

« ...Il fallait que tu sois formée pour savoir où tu allais entrer. Le Lampas Bleu, c'est vingt ans de recherches, de visites aux fabriques et aux manufactures... L'unité vient de nos choix, à ton oncle et à moi. C'est ce qui attire notre si belle clientèle. »

Elle tenait la bougie levée haut pour éclairer le visage de sa fille adoptive, comme si cet élément aussi attestait la justesse éclairée de ses choix.

« Tallberry prétend qu'il y a ici autant de raretés dans les tiroirs que de rigueur aux comptoirs... Il dit que ce qui ressort, c'est l'esprit d'une grande maison... Approche... »

Elle avait commencé à sortir des rouleaux et Florentine sentit qu'en dépit de l'habitude et du savoir-faire, la tante devait lutter contre des forces en résistance pour conduire sa démonstration. Échappant à sa main potelée, les étoffes se déroulaient, voletaient, mettaient des lueurs fugitives, mates ou brillantes, sous la clarté tremblotante de la bougie. Le trésor vivait de sa propre vie, c'était une sensation étrange. Il sembla à Florentine qu'il y avait dans ces matières le même éclat impénétrable que dans les costumes d'empereurs ou d'astrologues représentés dans le livre d'heures. Il y avait un sens autre que celui du commerce, mais le sens ne se livrait pas. Plus elle retrouvait ces impressions, plus elle se sentait concernée et, simultanément, lui venait la certitude que rien en elle ne s'appariait à l'esprit de la luxueuse boutique.

« Mais je ne sais pas vendre ! Je ne saurai pas vendre des tissus, tante Émilienne, s'exclama-t-elle.

– Qui te demande de vendre ? Il n'en est pas question. Un Galien ne vend pas, il est présent à distance... Ton oncle accueille la clientèle. Moi, je suis aux écritures. Toi... »

Elle s'interrompit, la regarda encore de haut en bas, semblant chercher une confortation implicite à l'idée qu'elle avait longtemps mûrie.

« Toi, avec ta jeunesse, tu vas les incarner, ces tissus.

– J'incarnerai… ? dit Florentine, déroutée.

– Assieds-toi. »

Émilienne exposa qu'elle devrait se tenir présente, souriante, légère et blanche dans l'éclat d'une moire ou d'un velours, un peu de rose aux pommettes, et qu'ainsi apprêtée elle aurait à tourner avec naturel au milieu de l'assistance, ou bien à s'asseoir sur un pliant, un recueil de poèmes à la main, petite fée rayonnante dans la Maison des Joies Textiles, en vue d'attirer l'attention des clientes sur les pièces les plus rares. Les plus rares, mais aussi les plus chères.

Bien entendu, la discrétion serait de mise. On ne chercherait pas à révéler son identité, hormis au personnel. On ferait exécuter à sa taille trois paires de bottines vernies, un assortiment de toilettes de jour et du soir. Un calendrier serait tenu pour les renouveler à une cadence suffisante. Auparavant, Ferdinand Rival de Leps serait prié d'examiner les projets de deux couturières à la journée et de choisir les plus flatteurs sur croquis.

L'élocution fluide de la tante, soudain, se fit hachée, hésitante. Elle pointa du doigt un petit escalier intérieur qui semblait monter à des combles. Elle parut faire un effort considérable et se décida :

« Et puis là-haut… là-haut, je suis honnête, je t'en parle, je ne passe pas cet endroit sous silence, non… Là-haut, je dois te dire… je ne monte pas.

– Pourquoi ? »

Les doigts d'Émilienne étaient crispés sur la chandelle. Son visage devenait indistinct, les traits comme déportés de côté. Sa voix était presque inaudible. Florentine dut tendre l'oreille.

« Ton oncle, mon mari, cet homme intelligent, me surprend parfois… Il attribue de l'importance aux choses en leur donnant un nom, il les fait exister d'une manière très particulière, de sa propre autorité, en y mettant un sens… Je ne le suis pas sur ce sujet, mais tu vas en entendre parler… Il s'agit d'une petite pièce, une annexe qu'il appelle le Cabinet des Émois… »

Donner l'information, et toute l'information, avait épuisé les ressources d'Émilienne.

Elle frôla de la main les cheveux de Florentine, sans les caresser. Elle indiqua que, le lendemain, l'une des couturières viendrait prendre ses mesures et que la fin de la visite était venue. Elle n'en dit pas plus. La porte de l'appartement ouverte, elle s'effaça, prit le long corridor qui menait à sa chambre où un prie-Dieu espagnol recevait ses états d'âme et ses scrupules de conscience. À la voir s'évaporer, à la sentir comme chassée du train de maison par une autorité invisible, Florentine eut l'intuition qu'une menace sévère pesait sur les épaules de la tante. Son cœur se serra.

Le lendemain, au déjeuner, elle mit l'oncle sur l'énigmatique sujet de l'annexe. Ils étaient seuls, détendus. Hyacinthe s'égaya, bourra une pipe, reprit du café et un monticule de crème fraîche qu'il laissa flotter à la surface en lui donnant de petits coups pour la remuer de droite et de gauche.

« Nous allons prendre l'escalier, dit-il. Tu verras, ça ne ressemble à rien d'autre, c'est plaisant et c'est intime là-haut. »

Le Cabinet des Émois était une pièce carrée, garnie de quatre grands miroirs et peinte dans un agréable ton pétale de rose. On le proposait pour certains pré-essayages de toilettes de grand soir ou de pièces de lingerie trop exubérantes pour être sorties au vu de tous. Émilienne en réprouvait l'existence. Elle n'y entrait pas. La notion même de « Cabinet des Émois » la remuait étrangement. C'était pour elle un lieu d'indécence à proscrire.

Là-haut, entre les deux grandes potiches chinoises jaune et verte, les clientes, nues comme Ève au Jardin, s'offraient aux caresses des étoffes déroulées qu'une essayeuse, formée à cet effet, faisait bouffer sur leur peau pour évoquer les tenues futures. À ce contact, leur souffle s'accélérait. Les quatre miroirs les multipliaient à elles-mêmes. Les pièces déployées, tels de petits feux frôleurs, leur donnaient des frissons dans tout le corps. Elles s'enfonçaient dans de drôles d'eaux troubles et sirupeuses d'où elles ne pouvaient plus s'arracher.

Ce sujet du Cabinet des Émois relançait des discussions très vives entre Émilienne et Hyacinthe. Hyacinthe croyait en l'efficacité commerciale de son invention, car celles qui y montaient faisaient, en redescendant, des achats d'une importance considérable. Émilienne condamnait le principe d'un tel lieu et revenait à la charge.

« Je n'aime pas ce qui se passe là-haut. Les séances traînent, arrêtons tout, il faut boucler cette pièce !

– On ne boucle pas le mystère ! s'exclama un jour Tallberry qui se trouvait présent au cours de l'un des plus houleux débats.

– Le mystère ? Quel mystère ? Où voyez-vous le mystère ?

– Il crève les yeux ! Parce que… les robes et les jupons du Cabinet des Émois, chère madame Galien, *n'existent pas.* Voilà la trouvaille. Il n'y a rien là-haut que du vent et de l'émotion. Et pourtant on jase, on vous envie l'endroit, toutes les femmes veulent y monter, j'ai entendu, je suis témoin. Et j'applaudis ! Votre mari sait jouer avec le désir.

– Dites qu'il sait tenter le diable.

– Votre complice ! N'essayez pas de le chasser. Cette pièce et ce qui en émane, c'est l'esprit du Lampas Bleu.

– Du tout, c'est un faux pas ! J'ai dit que je la fermerai et je la fermerai. »

Hyacinthe ne commentait pas, n'ajoutait rien. Il n'avait jamais attaqué Émilienne de front.

*

* *

En touchant les six premières tenues pour l'hiver et la demi-saison, en se glissant dans les manches gigot, les dentelles et les volants de gaze approuvés par le goût sans faille de Ferdinand Rival de Leps, Florentine, dans un premier temps très court, fut éblouie. Voir, en réalité elle n'allait pas faire autre chose. De la fin de la matinée à la fermeture, elle gardait les yeux grands ouverts sur le fastueux déballage et sur la grosse porte de chêne qui, avec un tintement répété, livrait passage aux habituées.

L'ambiance de la boutique était celle d'une fête policée, d'une sérénité unique et mystérieuse qu'avait voulue la tante et qu'elle entendait préserver. Il y avait des clientes qui arrivaient, échevelées, de la chaleur des bains turcs. D'autres, dans l'effluve d'un havane qu'elles avaient fumé dans l'intimité capitonnée de leur voiture. D'autres sortaient de confesse, d'autres avaient tenu salon, d'autres lâchaient une rencontre qu'elles n'avoueraient pas. Et toutes se perdaient avec délices dans la profusion somptueuse du Lampas Bleu.

De loin en loin, l'après-midi, la tante sortait des bureaux pour éprouver le charme de la présence de sa fille et le pouvoir de séduction des tenues qu'elle lui avait fait faire. Mais si par hasard elle voyait une cliente monter au Cabinet des Émois, on aurait dit que la foudre allait lui tomber sur la tête. Elle disparaissait. Pendant une heure ou deux, on ne savait plus où la trouver. Le seul élément susceptible de la rassurer était la présence là-haut de deux potiches chinoises, le vendeur de ces raretés achetées un prix exorbitant lui ayant assuré que, placées en symétrie, elles pouvaient créer un courant de sérénité.

Florentine observait. Elle respirait l'odeur de lait d'amande sur sa peau. Elle s'apercevait dans les miroirs. Elle brillait. Elle intriguait. Quand elle quittait le pliant, son livre restait ouvert sur un poème d'amour. Seuls ses épais cheveux blonds, tenus par un ruban de satin dans la nuque, surprenaient, mais personne ne lui en faisait la remarque. Elle donnait sans compter son beau sourire. Un matin pourtant, au moment où elle devait se préparer, elle vit en perspective l'interminable succession de ses heures de ronde et, à l'instant de se glisser dans la robe du jour, un vaporeux composé d'organdi lilas et de mousseline tilleul, elle chancela. Il lui sembla s'enfoncer dans des limbes. Et elle entendit une voix lui souffler à l'oreille : « Je ne sens plus rien, je ne sens plus rien, je suis en train de mourir, je ne serai *jamais* peintre. »

Cette voix était la sienne.

Elle mit un très long moment à reprendre ses esprits. Elle arriva en retard au Lampas Bleu, croisa le regard inquiet de son oncle, dit simplement :

« J'ai pris trop de crème au déjeuner, oncle Hyacinthe.

– Était-elle assez fraîche seulement, je vais faire vérifier ! Comment te sens-tu à présent ?

– Bien. »

Sans plus de commentaire, elle reprit ses fonctions jusqu'à l'arrivée de Ferdinand Rival de Leps. Celui-ci passait vers les onze heures rencontrer son élève. Il la trouva figée, debout devant sa chaise, le regard perdu. Elle l'attira à l'écart.

« Il me faut de la lecture, monsieur de Leps. J'étouffe. S'il vous plaît, faites-le pour moi, donnez-moi des livres.

– Vous avez déjà ces recueils de poésie, Florentine.

– C'est fait. C'est fini. Je les ai lus. Il me faut d'autres lectures.

– De quel ordre ?

– De tout ordre. Vous choisirez », dit-elle en lui montrant la housse d'étoffe qu'elle avait subtilisée à un comptoir pour dissimuler ce qu'il lui procurerait.

De Leps comprit. Il ne fut pas surpris outre mesure que les mièvres vers choisis par la tante ne suffisent pas à nourrir l'acuité d'esprit de son élève. Et l'idée d'entreprendre une formation solide avec un sujet aussi doué l'habitait depuis le premier jour. Il alla plonger pour elle dans l'extraordinaire foisonnement des titres de la Librairie Nouvelle. Il en rapporta des traités d'astrologie. Des études sur les anges. Sur les mers du globe. Sur le plaisir des sens. Des feuillets scientifiques écrits par un certain Chevreul qui faisait des observations sur les variations des couleurs. (Et, à les lire, l'idée que c'était un signe, que tout allait changer dans un court laps de temps, un espoir fou envahirent Florentine.)

De Leps n'hésita pas non plus à lui apporter des communications illustrées où se dévoilait avec crudité la réalité de la cité. Aucun sujet, aucune aridité ne rebutait Florentine et, peu à peu, ce qu'elle découvrait à travers le trait violent de certaines gravures en noir, c'était une autre ville, une cité obscure, grouillante de misère, de vice, de trahisons et de crimes. Une cité souffrante où, dans certains quartiers, le choléra faisait des ravages. Une cité inspirée, ensorcelée aussi, où les artistes au travail accomplissaient des prodiges. Où on prévoyait de rajeunir les palais et les places publiques comme jamais on ne l'avait fait.

« Bon… Nous sommes allés trop loin, vous et moi, Florentine, il faut arrêter, dit un jour le maître. C'est trop. Trop hétéroclite, trop de lectures. J'ai eu tort de m'éparpiller… Restons-en là, revenons aux poésies.

« Non. J'aime ces lectures. J'apprends, j'ai besoin de connaître Paris.

– Pourquoi ? Pourquoi si passionnément ?

– À cause de cette chose qui revient… je vous en avais parlé. Et ça me dit, ça me répète que je dois connaître Paris. »

Il ne raisonna pas davantage, céda une fois de plus, apporta d'autres gazettes, qu'elle pliait en quatre avant de les poser sous la couverture de camouflage, pour les dévorer au milieu du brouhaha commerçant.

Un lent travail se faisait en Florentine. Elle mûrissait et la tante et l'oncle s'en apercevaient. Ils s'en félicitaient, mettaient son évolution sur le compte de la fréquentation du grand monde.

La nuit parfois, sans qu'elle s'y attendît, une chanson venait la visiter longuement. C'était une complainte, une chanson de la sœur du curé dont le sens lui était resté caché. Quand cela revenait, il lui semblait qu'elle n'avait jamais connu autre chose que le coin perdu du presbytère, l'effroi au fond de la vieille armoire, le livre d'heures, le ressac de la mer et cette chanson de nulle part.

Il lui semblait que le lieu où elle tournait à longueur de jour dans des tenues qui n'étaient pas les siennes n'avait jamais existé. Chaque nuit, ces pensées interrompaient son sommeil, et les lames, si elle les jetait sur la table, ne lui donnaient aucune réponse.

Elle n'osait en parler à la tante, elle ne se confiait qu'à Élise. Au regard de la vieille bossue, aux mains avec les pouces tordus qui prenaient ses mains et les gardaient dans leur douceur rêche.

« Pourquoi que tu sors pas ? C'est ça qu'il faut, sortir ! On peut pas tourner sa vie dans une boutique comme l'âne autour du puits. Sors !

– Je sors, Élise. Je vais au bal Mabille. Je dîne au Café Riche. Mon oncle m'emmène souvent à l'Opéra.

– C'est pas de ces sorties-là que je te parle. On en revient comme on est parti de celles-là, j'appelle pas ça sortir… »

Élise ne poursuivait pas, plissait le regard et voyait loin.

21

Émilienne Galien, ce jour-là, avait décidé d'éloigner ses pensées de l'Opéra, des forêts peintes du décor, de la musique et des loges croulant sous les fleurs. Elle n'avait pas à évoquer ce spectacle, puisque ce spectacle n'était pas pour elle. Il n'avait pas place dans sa destinée si particulière. Cependant, elle était longtemps restée à la fenêtre, cassée en deux, à suivre des yeux le départ de son mari et de sa nièce, avant que la domestique ne lui apporte son panier.

Elle le tenait fermement à deux mains.

Le gros panier débordant de pâtés et d'œufs effectuait à son bras, tous les six jours, le trajet entre la galerie d'Orléans et le couvent des Visitandines, de l'autre côté du fleuve.

Par esprit de contrition, secrètement, elle allait offrir ces provisions aux religieuses. Si le soulagement de conscience qu'elle retirait de son geste restait modéré, la traversée du pont dans la cohue, à laquelle succédait la paix du vieux couvent tapi derrière les ormes et herbes folles, lui faisait du bien. Aller à l'Opéra ne lui aurait sûrement pas procuré autant d'agrément.

Ce jour-là, elle fit sa prière pour elle et pour l'humanité devant la statue bienveillante de sainte Rita. Elle suivit à pas lents le petit chemin qui serpentait dans le jardin broussailleux. Elle accepta la branche de lilas fleuri que lui offrait la sœur portière.

« Quel jour béni ! Le lilas sent bon, il sent plus fort que d'habitude. C'est presque l'été... L'orage menace, on dirait, c'est noir là-bas, constata la religieuse en souriant au ciel brouillé.

– On dirait l'été, mais c'est un faux été. Au début de mai, ce n'est pas l'été. Qui sait ce que ça nous réserve », répondit Émilienne sur un ton de gravité dramatique qui outrepassait largement les circonstances.

C'était aussi l'idée des passants, que la saison n'était pas une vraie saison. Chacun respirait avec peine.

Émilienne était rentrée sans hâte, incommodée par la chaleur lourde, avec toutefois la perspective agréable d'effectuer seule les rangements hebdomadaires au Lampas Bleu. Hyacinthe avait la manie du compartimentage, il rajoutait sans cesse des casiers, ce qui allongeait la durée du travail, mais un tel moment pour elle était une rareté. Elle le chérissait. C'était le seul moment où elle pouvait brasser les articles, le seul où elle pouvait s'y perdre. Nul ne savait à quel point il la sauvait de l'aridité de ses journées expiatoires au fond des bureaux.

La lourdeur du temps avait envahi la boutique, elle s'en aperçut en poussant la porte. Elle alla se servir un verre d'eau, le but à petites gorgées, contemplant avec satisfaction l'étendue de son œuvre qui était aussi son empire. Le Lampas Bleu était au sommet de sa réussite. Une réussite maîtrisée, aboutie, affirmait Tallberry. Elle n'aimait pas l'esprit fouineur de Tallberry. Elle n'aimait pas ses regards sur sa fille adoptive et elle le soupçonnait de surcroît d'appartenir à une société secrète. Mais, pour les textiles anglais, il n'y avait que lui.

Elle se mit aux rangements sans attendre. En une heure, presque tout fut bouclé. Une sensation de malaise la gagnait. Elle tenta d'y échapper, fit le tour de la salle, revint aux derniers casiers. C'était la branche de lilas. C'était ça. Le parfum du lilas la submergeait et, liée au parfum, l'image d'une grisette rousse qui avait ri sur le pont, le bras levé vers quelque chose, lui revenait en force. La grisette avait de petites dents comme des perles. Les brides de son chapeau s'envolaient en lui giflant la joue et elle s'était cassée en deux de surprise et de rire. Des pensées intruses, troubles, brouillaient l'esprit d'Émilienne. Elle aurait dû prendre sa potion calmante. Elle se le répétait, mais elle ne le faisait pas et, après tout, si elle ne le faisait pas, c'était qu'elle n'avait pas envie de se calmer.

Elle ne tenait pas à se calmer.

Il fait chaud et humide. À Venise, avant cette nuit d'amour, on étouffait, l'orage n'était pas loin, mais il n'éclatait pas, les vêtements nous collaient à la peau, il faisait jour, encore jour, mais nous n'avons pas pu attendre, nous nous sommes couchés comme on se jette à l'eau. Dans le grand lit sculpté aux armes de la ville, nous avons roulé l'un sur l'autre. J'appelais Hyacinthe, j'implorais. Au-dehors les cloches des églises carillonnaient, nous incitaient à la retenue, mais je demandais, je demandais encore et de plaisir les larmes m'inondaient, les larmes sous la force du corps de Hyacinthe, mon mari, mon amour. Demain, nous fermerons ce Cabinet. Ce Cabinet des Émois. Une pièce de trop. Pièce personnelle à ne pas offrir au public... À tous, je dirai... Juste avant d'ouvrir le bureau, je donnerai l'ordre formel, nous commencerons par enlever les glaces, les descendre à la cave, ensuite les potiches, ensuite nous déciderons si... ensuite il faudra... Elle soupira. C'était trop. Tout se mêlait. Tout s'embrouillait dans sa tête.

Elle alla chercher le collier rouge, l'admira, l'humecta d'un peu de salive, le frotta du plat de la main pour le faire briller et se le mit au cou. Ce collier contenait beaucoup d'or, il pesait lourd, il avait coûté cher. Contrairement à d'habitude, elle le sentit à peine. Le collier rouge était comme un souffle à son cou.

Depuis combien de temps n'était-elle pas montée là-haut, à l'annexe ?

Sans trop savoir ce qui l'y poussait, elle s'engagea dans le raide escalier de bois. Il faisait une chaleur de serre dans la pièce et les quatre miroirs se renvoyaient une clarté diffuse de fin de jour. C'est beau à cette heure, ce Cabinet des Émois, pensa-t-elle, la tête bourdonnante, on se croirait dans une clairière au mois de juillet, après une promenade. On ne sait pas d'où vient la lumière, c'est ce qui attire, comme tout mystère. Ses vêtements ajustés la gênaient au cou et à la taille. Elle ôta le caraco et la robe. Elle ôta les bas et les nombreux dessous de fines étoffes à dentelles et, de tous côtés dans les miroirs, elle rencontrait une nudité opaline, bien en chair, une chute de reins épanouie, des seins qu'elle ne connaissait pas. C'est beau, c'est une belle personne, pensait-elle, une personne sur laquelle le collier rouge de l'amour étincelle.

En regardant par terre, elle vit que trois rouleaux de taffetas de soie avaient été laissés par l'essayeuse. Elle les entrouvrit tous à la fois, les secoua. La soie feu, la soie bleu nuit, la soie amande moutonnèrent, leurs reflets flambés se mêlèrent. Elle en saisit une qui dodelina au creux de sa main, l'entortilla autour de son épaule. L'étoffe glissait sur sa peau nue. Elle frissonna, empoigna l'autre, la soie amande, la déroula sur des mètres, la fit bouffer et, enfiévrée par les crissements qui s'en échappaient, fit de même avec la soie bleue. Et des trois soies émergea un nid d'étoffe qui tournoya autour de ses reins. Les soies l'enveloppèrent. Sans peur, sans honte, dans la jubilation d'une aventure excitante et inconnue, pour la première fois de sa vie, Émilienne s'abandonnait au plaisir que lui donnaient les étoffes. Le sang lui montait au visage. Elle suffoquait. Au ras du taffetas feu, elle vit la veine de son cou battre, furieusement battre, et elle entendit la voix innocente, heureuse, de la sœur portière, lui revenir aux oreilles : « C'est un jour béni. »

C'est un jour béni, se répéta-t-elle, haletante, les jambes et le corps plombés. C'est l'été, mais ce n'est pas encore l'été, on ne sait pas ce que ça promet. Une douleur intense irradia sa poitrine. Elle pensa au lilas, à sainte Rita, au lilas et à cette petite pièce où elle se trouvait, à ce sanctuaire de volupté qu'il fallait fermer au plus vite pour ne plus y penser. Que Hyacinthe, son mari bien-aimé, fermerait avec elle. Elle balbutia : « Le lilas sent trop fort, il faudra le sortir à l'air, c'est lui, c'est ça, il faudra. » Et ce fut sa dernière pensée. Elle s'écroula.

22

Ils gardaient le silence. Ils s'abstenaient de s'adresser la parole. Quand ils se croisaient dans l'appartement trop grand, l'un voulant épargner l'autre, ils n'échangeaient pas un regard.

Hyacinthe et Florentine n'avaient pas eu de mots pour exprimer leur surprise et leur tristesse. Ils avaient fermé la boutique. Autour du grand vitrage, ils avaient suspendu des pendrions noirs brodés de larmes d'argent, aux initiales d'Émilienne. Hyacinthe, la main serrée sur le médaillon qui enfermait une miniature de son épouse à vingt-deux ans, errait tout le jour entre les comptoirs. Quand à Venise, exaltés après la fameuse nuit, ils s'étaient juré une fidélité éternelle, ils avaient posé leurs signatures accolées, minuscules, à l'envers de la miniature pour sceller le serment. À chaque instant, il ouvrait le petit boîtier d'or pour les contempler et il soupirait.

De temps à autre, il demandait à Florentine de revêtir une des tenues de parade avec camisole et ceintures pailletées, et, chaque fois qu'il reconnaissait un détail, un col, un galon, il disait : « C'était son œuvre, c'était son œuvre, c'était Émilienne, ma femme débordait d'idées », et il s'enfonçait dans le marasme.

Le seul endroit où il émergeait un peu de cet état était le Cabinet des Émois. Il y montait et restait là, assis, à s'apercevoir dans les miroirs comme un poids lâché dans le vide. Parfois, il y prenait un repas de légumes bouillis. Florentine le lui apportait sur un plateau. Il buvait un verre de vin et, dans ce temps sans repère, comme on le fait au cours d'une traversée interminable entreprise pour oublier un grand malheur, il s'approchait, sans même s'en rendre compte, d'une forme d'embellie.

Ce n'était rien d'autre que le fantôme du bref et foudroyant plaisir qu'Émilienne avait vécu dans la pièce.

Les trois soies de la tragédie, sentinelles discrètes, lui faisaient compagnie. Il les regardait. Il n'osait les approcher. En descendant, il murmurait :

« Je suis moins mal là-haut qu'en bas. Finalement, on ne condamnera pas le Cabinet des Émois.

– Si tante Émilienne y était montée, approuvait Florentine, c'est bien qu'elle avait décidé de le garder. Elle avait dû changer d'avis. »

Un jour, ils rouvrirent le Lampas Bleu. À eux deux, ils avaient revu de fond en comble la disposition des comptoirs. L'ensemble était encore plus cossu et plus attirant qu'auparavant. Ils souriaient aux acheteuses. Les habituées revinrent et personne ne sut où Émilienne avait rendu son dernier souffle.

Lorsque, quelques semaines plus tard, les signes les plus ostensibles du deuil parurent s'estomper dans l'appartement, Florentine regarda par la fenêtre la lumière matinale à travers les grosses colonnes de la galerie d'Orléans. Puis elle regarda son oncle et parla avec suavité, les paupières à demi fermées.

« C'est fini, oncle Hyacinthe, dit-elle.

– Oui, dit-il en passant les doigts dans sa barbe de veuf, c'est bien fini… Ta tante ne viendra plus nous demander si nous avons bien déjeuné… Nous ne l'entendrons plus tracer les plans de la journée avec cette intelligence à laquelle rien n'échappait.

– Non… C'est fini, oncle Hyacinthe… ce n'est pas ce que je voulais dire.

– Que voulais-tu dire ? »

Il faisait âcre dehors, on entendait le vent du nord siffler sans le sentir, comme une menace de châtiment derrière les carreaux. Ils étaient assis face à face. La crème de lait figeait à la surface des deux tasses de café.

« C'est fini, répéta-t-elle, et son ton était changé. Je ne porterai plus les robes au Lampas Bleu.

– Comment, qu'est-ce qui t'arrive ? »

Hyacinthe eut la sensation qu'une chape de plomb s'abattait sur lui. C'était un coup de grâce, une nouvelle débâcle dans sa vie.

« Je dois sortir. »

Florentine dérobait son visage. Si Hyacinthe l'avait vu, il l'aurait à peine reconnu. Il était d'une dureté impressionnante. Elle pensait au pacte qu'elle n'avait pu honorer depuis des mois, à l'urgence qui la pressait. Elle tapotait la lame du couteau posé contre sa galette au sucre.

« Je brosserai les tenues et les bottines. Je les rangerai avec des fleurs de lavande. Je mettrai tout en ordre, ne vous inquiétez pas. »

À surprendre les gestes qui accompagnaient cette déclaration programmée, Hyacinthe eut la vision funèbre d'une avalanche de robes et de jupons s'effondrant avec des soupirs dans une malle étroite comme un cercueil.

« Oui… oui, bien sûr, je comprends… Tu es jeune, dit-il, il faut que tu vives, tu dois sortir… Écoute, laisse-moi juste un peu de temps.

Ensuite nous retournerons au Café Riche, aux Bains Chinois… »

Florentine étendit le bras comme pour écarter tout obstacle susceptible d'entraver ce qu'elle entrevoyait comme une libération nécessaire et imminente.

« Non, oncle Hyacinthe. Moi, c'est seule que je dois sortir.

– Seule !

– Au presbytère, je suivais les oiseaux, je partais, j'allais aux nacres la journée, sur la grève. »

Elle parlait avec calme et autorité. Les mots du curé, prophétiques, affleurèrent à la mémoire de Hyacinthe : « Si vous voulez garder Florentine, ne cherchez pas à la retenir, vous la perdrez. » Il se leva devant la fenêtre. Sa stature massive masqua le ciel, les colonnes, la branche d'arbre qui se ployait devant. Il grandit immensément.

« Cette ville n'est pas une grève où on va ramasser des nacres, cette ville est un monstre qui cherche ses proies, dit-il d'une voix de stentor.

– Je sais, dit froidement Florentine.

– Comment, tu sais ? Comment peux-tu savoir, toi ?

– Parce que je sais. »

Dressée face à lui, pâle, elle résistait, inébranlable, assaillie par les visions des sinistres gravures que lui avait apportées Ferdinand de

Leps. La Cité. Les venelles borgnes. Les fausses enseignes masquant les caves d'où surgissaient voleurs et assassins. Les enfants enfermés vivants dans des sacs. Et avec ces visions lui revenait la petite fille sans larmes, cherchant avec désespoir l'ombre de sa mère aux portes de l'étude infecte, où le dernier clerc avait donné sa démission, après le départ du précepteur. En même temps resurgissaient dans sa tête ces lambeaux de vie enfouis, ces rognures misérables, jamais racontées à quiconque hormis au curé, les fuites dans l'escalier, la peur, la voix, la voix moite du père appelant : « Florentine, petite, viens dans ma chambre me parler des papillons. »

La voix du père la révulsait, comme l'avait révulsée celle du commissionnaire qui l'avait attrapée en chemise à la boutique, au moment où elle enfilait une robe, lui sifflant à l'oreille : « D'où il t'a tirée, Galien, tu es adoptée, d'où tu sors, de la rue, dis voir. »

Elle savait envoyer des coups de pied à fendre le ventre des hommes. Elle avait su s'y prendre très jeune. Et l'amère mémoire, elle l'avait dépêchée loin de sa vie, derrière le fracas des vagues qui élevaient leur muraille liquide, avant d'emporter à l'autre bout de la terre les crimes et les ignominies, cela, elle l'avait confié au curé et le curé avait confirmé. Oui, avait-il dit, elles emportent tout, elles ont la force, l'élan. Il avait confirmé que ce flux, ce courant sans fin, cette puissance toujours renouvelée, était à l'image de la grâce de Dieu, sans limites.

Et pour avoir longtemps réfléchi à la question, elle savait que ce courant balayait aussi la cité et ses labyrinthes, et qu'ici ou là, sans qu'on s'en doutât, il y avait des retraites et des anses de tranquillité. Il y avait des endroits cachés où les artistes brassaient de la matière, des pierres broyées, de l'huile, des jus de plantes, pour en faire de la vie représentée. Ces endroits, il fallait les chercher. Il fallait sortir pour les trouver.

« Je n'ai pas peur. Je me défendrai si je dois me défendre », dit-elle fièrement.

Elle avança la main, la posa sur celle de son oncle qui était large, épaisse avec, à l'annulaire, une petite pierre noire enchâssée, luisante comme un œil de caille. Il tremblait pour elle. Elle le sentait, ainsi que la pudeur de son affection.

« Je vous aime, oncle Hyacinthe », dit-elle.

23

Après plus ample délibération, il fut entendu qu'aux éblouissantes tenues de princesse et de fée succéderaient des vêtements ordinaires, portés sous une cape du gris le plus éteint qu'on pût trouver dans les collections, afin de fondre Florentine et sa blondeur dans la foule des passants.

Il fut entendu que, durant trois mois, Ferdinand Rival de Leps la suivrait à distance pour la tirer des mauvais pas éventuels, et qu'une fois les trajets devenus familiers, elle s'y tiendrait à peu près. Que l'oncle lui poserait peu de questions à son retour et qu'elle porterait à même la peau une médaille bénite de Notre-Dame du Bon Secours, autrefois vénérée par la tante. Trois jours par mois, elle revêtirait l'une des tenues de parade, le plus souvent une robe aux larges jupes couleur garance, car c'était la préférée de Hyacinthe, et, comme auparavant, elle évoluerait dans ses bottines vernies au milieu des clientes.

Libérée de la perspective de l'astreinte quotidienne, Florentine n'offrit pas de résistance au principe restreint des trois jours mensuels. Elle s'exécuta, mais, à observer l'attitude de son oncle dans la boutique, elle le jugea si abattu, si irrémédiablement endeuillé, qu'elle ressentit l'urgence de lui trouver un remède. Curieusement, cela coïncidait avec le projet qu'elle venait de former.

Alors qu'ils s'attardaient devant la cheminée de marbre vert, le soir, elle dit :

« J'ai réfléchi… je sais ce qu'il vous faut, oncle Hyacinthe. »

Il ne tourna pas la tête, il réagit à peine. Depuis quelque temps, il parlait et bougeait de moins en moins.

« Il faut faire peindre un portrait de tante Émilienne. Un beau portrait, bien ressemblant. On l'accrochera au-dessus du palanquin. Vous l'aurez avec vous toute la journée. Elle ne quittera plus le Lampas Bleu. »

Une risée passa sur le visage de Hyacinthe. Il se leva, se pencha sur le feu. Il chercha à le tisonner.

« Un portrait ? Où faire faire un portrait ? Où, comment ? Je ne connais personne dans ce domaine.

– Allez voir au palais du Louvre. Il y a une grande exposition. Les peintres y sont tous. Ils tournent, ils cherchent du travail, vous aurez le choix.

– Qui t'a renseignée ?

– Élise. Elle les connaît. »

Les vagues d'expression s'accentuèrent sur le visage amaigri de Hyacinthe. Il vit un vaste tableau, entre deux flambeaux de bronze, posé au-dessus du palanquin. Émilienne en gloire, surveillant avec grandeur le va-et-vient du commerce qui se poursuivait et prospérait sans elle.

« Je ne peux pas aller me perdre au Louvre sans information. Il me faut un nom. Demande à Élise.

– Élise sait, mais elle ne donne pas le nom de ses clients aux autres clients.

– Bien… Je vais me renseigner. »

Une semaine plus tard, Hyacinthe revint de son enquête avec le nom de Jean Auguste Ingres. C'était, lui avait-on assuré, le très grand peintre du moment. Ses tarifs étaient exorbitants, mais le rendu de ses portraits, excellent. Il avait gagné le prix de Rome, il dirigeait un atelier d'élèves. Les garanties étaient rassurantes.

« Allons-y ensemble demain, à ce Salon du Grand Louvre, dit Hyacinthe. Prenons le médaillon où ma femme est si séduisante. Je le confierai à cet homme. »

Au long de la nuit, Florentine imagina fébrilement l'exposition des peintures du palais du Louvre. Élise était allée jeter un œil pour retrouver dans ce nouveau cadre les peintres qu'elle connaissait. Elle avait dit n'avoir jamais vu pareille foire, autant d'artistes, autant de badauds, autant de tableaux accrochés, ils se touchaient tous, il y en avait jusqu'au plafond.

Quant aux cartes, elles annonçaient l'imminence d'un événement considérable.

*

* *

En raison de la cohue, Florentine tenait le bras de son oncle pour ne pas le perdre dans la bousculade. Ils avançaient, ils voyaient, ils cherchaient, abasourdis par le vacarme et l'affluence. Tout autour du palais du Louvre, au milieu des cireurs de chaussures et des vendeurs de friandises, pêle-mêle sur les brouettes ou sur les éventaires volants, des bronzes, des marbres, des toiles, derrière lesquels se tenaient les artistes, attestaient que beaucoup étaient en mesure d'offrir le rendu d'un visage ou d'une stature. Parfois, le modèle était présent près de son portrait. Il servait de caution à l'artiste. Il était flatté de se trouver en pied ou en buste sur l'étalage, entre un iris d'eau qui courbait sa tige et des patineurs sur un lac gelé.

Après une courte hésitation, Hyacinthe avisa un responsable assis devant une table chargée de documents, sur laquelle se trouvait un petit tableau représentant un chat blanc sur un coussin. En feuilletant une liste offerte à la consultation, il s'adressa à lui et demanda à rencontrer Jean Auguste Ingres.

« C'est pour un portrait privé. »

L'homme s'acquittait de sa fonction avec distance. Il observa, jugea qu'il avait affaire à un boutiquier, un boutiquier riche, certes, mais rien d'autre qu'un boutiquier.

« Monsieur Ingres est un grand peintre, monsieur, répondit-il.

– C'est ce que je désire précisément, approuva Hyacinthe.

– Ce que je veux dire, c'est que monsieur Ingres a reçu et reçoit des commandes officielles considérables.

– Tant mieux, approuva Hyacinthe rassuré, s'apprêtant à sortir le médaillon pour le confier à celui qu'il voyait comme un intermédiaire tout indiqué pour cette affaire. Le portrait sera réussi.

– C'est impossible. Non, vraiment, ce serait une chose impossible.

– Pour quelle raison ?

– Monsieur Ingres est un grand maître, un maître du *trait.* Il a peint un portrait de Napoléon. »

L'homme prit la liste des mains de Hyacinthe, affecta d'en parcourir quelques lignes.

« Regardez, consultez... Tous ces artistes font du travail propre. Vous n'aurez qu'à choisir. »

Hyacinthe sentit une vive douleur lui serrer la tête. L'homme le toisa, prit entre ses mains le petit tableau de félin qui semblait être sa propriété et, sentencieux, dit :

« Il y a les œuvrettes et les grandes œuvres, comme il y a les chats persans et les chats de gouttière. Pour votre commande, voyez dans la liste, vous trouverez ce qu'il vous faut. »

Hyacinthe s'écarta sans commentaire. Florentine reprit son bras. Ils déambulèrent, meurtris, ébranlés, aperçurent un jeune peintre à l'air très doux qui présentait une médaille au milieu de quelques œuvres de bonne facture. Ils s'avancèrent pour lui exposer leur requête. Il prit dans ses mains fines l'effigie d'Émilienne, l'examina longtemps, avec respect, proposa de donner un reçu et dit sobrement :

« Cette personne devait avoir une qualité d'âme.

– Oui, répondit Hyacinthe. Ma femme était une âme, en même temps qu'une grande commerçante... »

Il sortit le collier vénitien qu'il avait apporté sans en informer sa nièce et ajouta :

« Elle ne le portait pas sur le médaillon. Elle ne le possédait pas encore. Mais il faut qu'il figure sur le portrait. Mettez-le bien en évidence, j'y tiens. Je vous le confie.

– C'est entendu. Je porterai le collier sur la toile », dit le peintre.

Il prit le coffret, donna un reçu pour les deux objets, proposa au choix, pour un tableau d'un mètre sur un mètre vingt, la ressemblance parfaite à vingt francs. Ou bien la demi-ressemblance à quinze francs. Ou le simple air de famille à dix francs. Hyacinthe dit qu'il tenait par-dessus tout à l'excellence. Il était si tendu à l'idée d'installer sa femme au Lampas Bleu qu'il n'avait pas prévu d'entrer au salon carré du palais du Louvre. Florentine l'y entraîna.

Alors qu'ils tentaient d'avancer avec peine entre le chariotage des tableaux, la confidence horrifiée, sortant de la bouche d'un passant, leur tomba dans l'oreille : « ...Rappelez-vous... la toile s'appelait *La Mort de Sardanapale*. Ces femmes nues qu'on va égorger sous l'œil du tyran qui jouit du spectacle ! Il faut être un bourreau pour traiter un tel sujet. » Le jeteur d'anathème eut un geste accusateur en direction de la foule. « Il est là et bien là... fier comme un paon, habillé comme s'il allait à l'Opéra... à croire que la décence ne serait qu'une simple question vestimentaire ! »

Hyacinthe et Florentine avaient entendu les propos. Hyacinthe murmura : « La peinture, je ne la connais pas, mais ce doit être une chose violente. »

Ils étaient sur le seuil de l'immense boutique à images.

Sur cinq rangs de hauteur, des bœufs au labour, des petites femmes à la toilette, des marins, des paysages suisses, des roses en pot, des chasseurs le fusil à l'épaule, se disputaient l'espace. C'était comme l'exposition géante d'une seule chaîne de vie diverse et hétéroclite. On avait peine à distinguer les sujets, mais de toutes parts on entendait demander et donner des explications.

Devant Hyacinthe et Florentine, un homme avançait. L'élan, la rapidité de sa marche lui taillaient une voie dans la foule. Mince, sanglé dans une redingote bleu nuit, les cheveux noirs ondés et sombres, il semblait posséder des facultés particulières pour s'abstraire d'une agitation de cohue. Brusquement il s'arrêta, sortit un mouchoir de sa poche, se moucha avec élégance. Il prit tout son temps, puis il remit le mouchoir blanc dans sa poche.

Quelqu'un le rejoignit, tapa sur sa mince épaule, demanda :

« Peut-on voir, maître ? Où est-ce ?
– C'est plus loin, par là, venez. »

Les deux personnages se dirigèrent vers le centre de la salle. Une curiosité mêlée d'irrésistible attirance poussait Florentine à les suivre. Elle lâcha Hyacinthe. Sans aucune preuve, sans raison définie, elle avait la certitude que l'homme en redingote bleue était l'artiste concerné par les propos du lanceur d'anathème. Elle le suivit, obsédée par l'idée de ne pas le perdre de vue.

Il s'arrêta devant un tableau. Il le montrait à l'autre. Ils en parlaient. Elle avait du mal à capter les voix. Elle fit un écart de côté pour apercevoir la toile. Montés des grands fonds de son existence, ses joies, ses larmes, la violence de ses jeunes années, les désirs qui la constituaient, prenaient vie dans le mouvement, la palpitation, l'intensité de l'extraordinaire danse du *Cheval blanc devant la mer*.

Jamais, même en présence du livre d'heures, devant la mer en feu ou devant le bouillonnement des étoffes au Lampas Bleu, jamais une vision ne l'avait ainsi arrachée à elle-même pour la transporter au plus intime de son être.

Elle venait de là, de ce continent, de cette histoire. Et à le constater, à toucher du doigt cette vérité, elle avait la gorge serrée, les jambes flageolantes.

« Venez mardi à l'atelier. Quinze, quai Voltaire. J'y serai », dit le maître.

Elle retint l'adresse. Le mot *bourreau*, sa résonance sinistre lui restaient en tête. Ils ne s'accordaient ni à la dignité, ni à la prestance de l'homme en redingote bleue. Il était différent de tous les autres artistes hirsutes qu'on voyait déambuler et rire dans la salle. Cependant – *fier comme un paon, habillé comme s'il allait à l'Opéra*, oui. Oui, exactement. C'était lui. À coup sûr, Élise devait travailler pour celui-ci.

Il tournait le dos. Elle chercha à voir les traits du visage, la foule la gênait et l'air raréfié commençait à l'asphyxier. Devant ses yeux, le cheval blanc, le pelage fouetté par les embruns, l'écume, le ciel, étincelèrent. Écartant la foule à grands gestes, Hyacinthe arrivait, affolé. Il vit qu'elle était blême.

« Qu'est-ce qui t'a pris de t'échapper, je te cherchais, on ne respire plus ici, viens ! »

Quand ils eurent marché un moment à l'air frais, ils allèrent dîner dans un salon privé du Café Anglais. On leur servit un filet de lièvre et des racines à la crème. L'oncle mangeait comme il n'avait pas mangé depuis longtemps. Il buvait à petites lampées et se montrait presque bavard.

« L'idée de ce portrait me redonne espoir, disait-il en faisant rouler le chambertin sur sa langue... Cet artiste a saisi l'âme de ma femme. Il est modeste et discret. Émilienne l'aurait aimé... Au-dessus du palanquin, elle sera heureuse. »

Florentine opinait, mais elle voyait une autre toile, elle la voyait immense et elle se voyait à l'intérieur, entraînée par l'ardente impétuosité du cheval au galop. Le plus étrange était que tous les détails de la toile s'étaient évaporés. Elle n'aurait su la décrire. Il ne lui en restait qu'une sensation de présence intense et sauvage. Quant au visage de l'homme en redingote, elle l'avait si peu aperçu qu'elle avait hâte de le retrouver.

Dès le lendemain, elle commença à le chercher dans le quartier des quais.

Une semaine plus tard, elle aperçut sa silhouette en marche. Le temps de liberté surveillée sous la protection de Ferdinand Rival de Leps était passé. Le contrat s'achevait.

« Je vous laisse, Florentine, dit-il le dernier jour. Vos sorties vous mènent désormais vers cette chose, n'est-ce pas ? ajouta-t-il en plongeant son regard grave dans le sien.

– Oui, monsieur de Leps », lâcha-t-elle tout aussi gravement, ne sachant trop comment cela adviendrait.

Le petit homme courtois ne posa aucune question. Il dit : « Nous nous retrouverons », s'arracha sans un mot de plus au bureau tranquille où s'étaient déroulés les cours qu'il avait tant aimé donner. Il disparut.

*
* *

Florentine commença par s'offrir quelques digressions. Libre d'aller seule où elle en avait envie, elle s'intéressa aux équipages et aux marchands de musique, elle acheta des gaufres et des beignets chauds, entra dans les passages pour essayer des chapeaux à rubans devant les miroirs, mais toujours sur le qui-vive, toujours sentant quelques secondes à l'avance le moment précis où le maître allait surgir, vif, pressé, chargé de fournitures ou d'un carton de gravures, en route vers son atelier.

Parfois, les mains vides, il semblait traverser la foule sans but apparent. Il avançait avec une telle hâte qu'elle le perdait. Elle persévérait, mais cela ne la menait nulle part. Elle n'osait l'aborder. Avec une distance feinte, elle interrogeait Élise sur l'artiste du quai, celui qui peignait vêtu comme on va dans le monde. Elle eut très vite la certitude que c'était lui.

De plus en plus, elle s'attardait dans le grand brassage humide de la blanchisserie. Elle pliait les nappes, ramassait la cendre, passait le fer chaud sur le linge. Elle éprouvait une impression étrange à quitter l'appartement où elle était servie, pour reproduire ces services un quart d'heure plus tard, au fin fond du sous-sol d'Élise. Elle se sentait à sa place autant ici que là. Un matin, Élise lui dit : « Tu sais travailler, c'est bien. » Ce fut alors que l'idée s'imposa. Soudain, ce fut évident, elle allait devenir la servante du peintre.

Le projet prenait forme en elle, mais demeurait secret. Il se mit à l'obséder. Restait, bien sûr, à interpréter les échos des lames, à s'exécuter dans les courants propices clairement annoncés, car elle ne pouvait envisager d'échouer. La mission, à présent, la pressait.

Dès cette période, Hyacinthe perçut un changement en sa nièce. Les prétendues promenades avaient changé de nature, il s'en douta. Il la voyait partir, muette, dure, pour des expéditions dont il se disait qu'elles pouvaient, un jour ou l'autre, la lui enlever.

Un soir, au dîner, elle lui annonça avec satisfaction :

« Je commence à connaître la ville de Paris.

– Eh bien ?

– C'est une grande ville. »

Elle souriait. Ce sourire le poignit.

24

Cela faisait maintenant des mois que Hyacinthe nourrissait des inquiétudes quotidiennes au sujet de Florentine. Des mois que Florentine allait prodiguer ses soins à l'atelier du quai Voltaire. Des mois que le peintre ne pouvait se douter des bouleversements que ces visites entraînaient dans une chambre tendue de perse à fleurs, de l'autre côté du fleuve.

Derrière la porte fermée de cette chambre, Florentine peignait.

Elle était entrée dans le ravissement de peindre. Vêtue d'un sarrau rapporté du presbytère, elle brassait à s'en raidir le poignet les pâtes de couleur et les précieux mélanges subtilisés à l'atelier et cachés dans son sac, sous les chiffons à poussière. Elle écrasait, mêlait, superposait les tons et les épaisseurs, s'efforçant avec ferveur de retrouver les gestes du peintre, le jeu des doigts fins sur les pinceaux et les brosses.

Ce matin-là, elle avait décidé d'aller au Palais-Bourbon.

Avant de sortir, elle était montée au Cabinet des Émois. Elle avait posé sur ses cheveux un chapeau de taffetas raidi, garni de raisins noirs. Elle s'était regardée, n'avait pas su si cette coiffure était appropriée, mais, sous l'ombre portée de ses bords, le miroir central lui renvoyait un visage empreint de maturité, ce qui lui convenait.

Le ciel, depuis la veille, était d'un gris éteint sur Paris, avec des échappées orageuses du côté des carrières de Montmartre. Au Salon du Roi, des éclats de lumière s'accrochaient aux murs et, en plusieurs endroits, des seaux de mixture bouillotaient sur des braseros. Ils avaient fait monter la température. Ennemi juré du froid des édifices publics, l'appariteur, dans cette fournaise, était d'humeur engageante. De temps à autre, il sortait dans le vestibule pour fuir les vapeurs toxiques d'huile chaude et retrouver, dans cette inaction statutaire, un état de torpeur qui lui convenait.

Le Palais-Bourbon, à cette heure, était presque vide. Il fut surpris de voir une jeune femme avancer dans sa direction. Sa longue jupe à volants traînait sur le sol de marbre, des perles de cristal se balançaient à ses oreilles et l'ombre d'un chapeau cachait son visage. L'élégance et la démarche l'auraient attiré si les directives n'avaient été formelles sur le sujet. On ne pouvait tolérer, en l'état des choses, une quelconque intrusion dans ce secteur du Palais-Bourbon.

« Votre laissez-passer », dit-il.

Elle leva les yeux sur sa stature de géant. Il la reconnut. Le teint de porcelaine, l'air résolu, la jeunesse. Il n'en montra rien. Le Palais-Bourbon était un carrefour plein de pièges, d'ordres et de contrordres. Il avait pu y avoir, au sujet de la personne, des informations qui n'avaient pas été relayées jusqu'à lui.

« Je n'ai pas de laissez-passer. Je viens voir le Salon du Roi.

– C'est interdit, il y a des travaux importants dans la salle.

– Il faudrait tout de même que j'entre, monsieur l'Appariteur. »

L'appariteur eut un geste en direction du chantier, dont le fracas le forçait à hausser la voix.

« On bouche les pores de la pierre avec de la cire et de l'huile de lin chaude. L'opération est dangereuse, je ne laisse entrer personne.

– Mais j'aurais à prendre des informations pour le peintre. C'est lui qui m'envoie. »

Ils se mesurèrent. L'appariteur jugea, sournois, que la visiteuse ne tarderait pas à asphyxier dans l'atmosphère irrespirable du chantier.

« Allez-y, mais n'approchez pas des braseros. »

Florentine entra, impatiente et curieuse de découvrir les changements en cours. Elle fit deux pas, mais à l'instant, à se trouver là, dans le salon royal où son maître allait déployer l'ampleur de ses visions, elle fut assaillie de pensées contradictoires.

Arrêtée sur le seuil, au milieu des seaux brûlants et des échafaudages qu'on déplaçait à bras d'hommes, elle examinait les pilastres, les arcades, l'arrondi des huit baies, le plafond à caissons trop profonds et trop raides. Elle voyait le peintre juché au-dessus du monde, vorace, impatient, jouissant de l'espace offert et plus rapide que le vent, du haut de ses échelles, pour y placer ses créatures et ses paysages.

Cette salle va lui apporter la gloire, rien ne sera plus pareil, pensa-t-elle. Avant de se volatiliser, le mot « gloire » traversa sa conscience. Ce fut comme si un vent froid faisait irruption par les interstices des murs. Plus rien de ce qui l'entourait ne se raccordait à sa présence. La salle et son contenu disparaissaient. Le peintre s'éloignait de sa vie. Elle eut peur de le perdre. Mais à l'angoisse qui brouillait sa vue, progressivement, se substituait l'idée audacieuse de l'événement qu'elle préparait pour lui en grand secret au Lampas Bleu. Elle avait encore des détails à penser dans sa chambre. Elle avait à s'y appliquer, mais incessamment tout allait se mettre en branle et Hyacinthe, Tallberry, Tallberry lui-même, tous seraient entraînés dans un mouvement que rien ne pourrait arrêter.

Quand elle fut calme, elle entama autour de la salle une marche lente.

Comme elle le faisait au bord de la mer, pour se fondre au ressac de la marée montante, Florentine marchait dans le Salon du Roi. Elle marchait en splendide tenue, exaltée et fervente, au milieu des hommes qui livraient, remuaient, s'apostrophaient, heurtaient le matériel. Et le brouhaha de tout cela, elle se l'appropriait, elle le berçait dans une sensation d'intense plaisir. En passant devant l'un des pilastres, elle s'aperçut que son maître avait charbonné dessus au fusain. Nerveux, vivants, les dessins l'attiraient. Elle s'arrêta, posa dessus sa paume, sentit sa main vibrer, la fièvre des dessins battre sous ses doigts et, de tout son être, elle s'unit à lui.

*

* *

Ce fut ce même jour que Joséphine de Forget monta à l'atelier sans s'être annoncée. Le peintre lui ouvrit la porte de la chambre étroite où les modèles n'entraient pas. Après son départ, il la regarda s'en aller par la fenêtre. Il ne se mit pas au travail. Il ne sortit pas marcher. Il alla ouvrir la porte du réduit et entra, s'assit sur la malle.

À travers la vitre ronde du fenestron, il contemplait le rayon dans lequel se déroulait sa vie. Qu'était-ce que l'amour ? Un évanouissement, une chute dans le vide ? Comment faisaient-ils, les autres au fond de leurs maisons, les Rubens, les Rembrandt, au milieu des trottinements d'enfants, des pas des livreurs, des clients, des domestiques, quand au petit matin, auprès d'une femme sortie toute chaude du sommeil, le tableau de la veille s'insinuait : « Il est l'heure » ? L'heure, pour la femme-amante, de se faire modèle. L'heure, pour le peintre, de n'être plus que peintre devant les formes caressées dans l'obscurité de la nuit. Devaient-ils convier la foudre, ou prier, ou faisaient-ils sonner des batteries de pendules le long des corridors jusqu'à la porte de l'atelier, et l'atelier, ensuite, le verrouillaient-ils jusqu'au soir ?

Ici, derrière la vitre du réduit, c'était le temps de la clôture. Un flux que le plus grand des chevalets habitait de sa présence immobile. Aucune toile n'était posée dessus. L'heure était aux dessins. Il pensa aux dessins empilés sur le coffre. Il n'aurait su dire depuis quand il était là, assis sur le tabouret. Depuis le départ de Joséphine, son parfum restait, l'enveloppait.

La porte du réduit grinça. Le chat apparut. Il bondit sur la malle et, avec un miaulement ténu, s'y lova, les yeux fermés. Cela faisait presque une semaine qu'on ne l'avait pas aperçu. L'indolence élégante de ce chat tigré aux yeux bleus le ravissait. Avec prudence et lenteur, car l'animal était à demi sauvage, il le prit entre ses bras.

« On t'attend, tu ne viens pas, chuchota-t-il. On ne t'attend plus, tu es là. Est-ce de la fidélité… »

25

Tout changeait de part et d'autre du courant boueux de la Seine. Personne n'était à même de saisir ce qui reliait ces changements divers. Seule Florentine percevait l'importance du mouvement en cours. Au Lampas Bleu, un nouveau rayon d'onguent à lèvres de tous les tons de rose et de lilas attirait les clientes devant un miroir vénitien posé sur une coiffeuse, comme dans une antichambre. C'était un succès commercial. On commençait à en parler partout dans Paris. À l'atelier du quai, le vent de l'Histoire avait soufflé avec la publication du choix des quarante. Florentine n'enlevait plus la poussière auprès des *Femmes d'Alger dans leur appartement*. On les avait emportées dans une charrette capitonnée pour les mener au Salon du Grand Louvre, ainsi que le *Couvent espagnol*, la *Bataille* et une autre toile gorgée de soleil méditerranéen.

Le peintre n'avait pas commenté longtemps les choix du jury. Somme toute, il n'avait pas été si durement censuré. Et tandis qu'au Salon du Roi on lui préparait une surface lisse comme de la laque, à jet continu, à la plume ou à la mine, il était à ses dessins. Le froissement des feuilles remuées fouettait son humeur. L'Agriculture, l'Industrie, l'Océan, les Amours, aux attributs à peine esquissés, étaient entassés sur le coffre, tels des plants en jachère apprêtés pour une plate-bande géante. Les dessins ondulaient, bondissaient. Les esquisses aquarellées étaient si vaporeuses qu'elles semblaient avoir été cueillies dans l'air et toutes ces images mettaient une atmosphère irréelle dans la salle.

Au milieu de l'affairement, Florentine allait s'asseoir pour un oui ou pour un non dans le noir du réduit. Une espèce de ferveur, presque de folie, l'obligeait à aller se pelotonner sur le tabouret, collée contre la vitre, pour écouter la griffure de la mine sur le papier. Le son lui écorchait la peau.

Il savait qu'elle était aux aguets. Elle savait qu'il n'était pas dupe. Il ne sévissait plus. Il changeait. Elle notait une manière plus généreuse d'aborder les visiteurs, d'accueillir sans irritation les rapins affamés qui venaient proposer leurs services pour le Palais-Bourbon et qu'il fallait éconduire, faute de moyens.

Il parlait avec vénération des vieux maîtres qui le guidaient, Michel-Ange, Raphaël, Véronèse attelé nuit et jour à ses décors muraux dans les riches villas palladiennes des environs de Venise. Il disait que, par grosse chaleur là-bas, on quittait les salons pour aller s'asseoir dans des grottes de fraîcheur, on écoutait chanter des hommes à la voix de femmes. « C'était une société ouverte aux échos, aux échanges, une cité posée dans la brume de mer. Notre monde à nous est fixe, hélas ! Pour saisir le fluide, il faut sauter des murs. Mais, derrière, les exécuteurs nous attendent. »

Souvent, par plaisir, l'Italien décorateur à l'Opéra montait présenter ses échantillons de faux marbres. Il était jovial, généreux, il avait une belle voix de ténor. Ses visites étaient l'occasion de conversations copieusement arrosées de brandy. Un matin, il apporta avec ses esquisses une brassée de feuillages et des cerises confites. Il se donnait le temps de les étaler sur la table.

« J'ai pensé, maître… », dit-il en s'activant.

Le peintre lâcha les crayons, bondit sur lui.

« Non, non, ne pensez pas, Ciceri, non ! »

Il lui arracha les feuillages des mains, les planta dans un pot, répandit les cerises sur un bout de toile qui traînait. La toile était bise et la lumière sur le tout, ambrée, filtrée. Il jubilait.

« Voilà, monsieur l'interprète de Rossini ! Belle aria rouge laque sur fond de basses, non ? Vous saisissez ?

– Une aria », répéta Ciceri qui, déjà, comprenait.

De surprise, il frottait à deux mains sa chevelure emmêlée.

« Vous me faisiez la réflexion l'autre jour que la couleur est musicale…

– Et qu'en peinture un ton n'existe pas s'il n'est pas orchestré !

– Orchestré ?

– Par la demi-teinte. Par le reflet qui l'accompagne. »

Le pot de terre brune était posé tout contre l'écarlate des cerises. L'Italien et Florentine regardaient la composition qui venait de se mettre en place à une vitesse vertigineuse sous leurs yeux.

« Maintenant, changez de côté. Voyez… Affirmeriez-vous que, de ce côté-ci, les cerises sont rouges et que cette toile est bise ? »

Le peintre surveillait leurs regards à l'un et à l'autre, triomphant de les voir se perdre dans la vibration des tons. Et il se mit à marcher à grands pas en faisant grincer le vieux parquet. Il dégageait une énergie extraordinaire.

« Un matin… l'atmosphère était claire, j'avais commandé un fiacre. Quand ce fiacre, qui tardait à venir, est arrivé au bout de la rue, il était d'un jaune serin criard et son ombre… j'ai vu que son ombre était violette ! Ce fut une découverte majeure.

– Comment l'expliquez-vous ?

– Par le rebondissement du rayon lumineux. Le rayon emprunte la coloration de la surface...

– Et il la garderait... il la porterait jusqu'à un autre ton... »

La main de l'Italien s'était posée sur les flancs du pot comme pour tâter la réalité de ce qu'on lui annonçait.

« ... avec laquelle il la combine ou il s'oppose ! Chevreul donne des cours au Muséum en ce moment sur le sujet. Je me suis fait livrer ses feuillets.

– Vous les utiliserez au Salon du Roi ?

– Parbleu ! C'est le reflet seul qui lie les parties. C'est par lui que l'air circule, par lui que le ton vibre. »

Florentine écoutait, apprenait. Le discours était captivant. Il lui ouvrait des mondes inconnus. Mais des turbulences intruses troublaient l'atmosphère. Des nouveautés se présentaient, dont elle n'avait pas de mal à élucider le sens. Un soir, avant de partir, elle trouva sous le divan un précieux bracelet garni d'opales.

« Mettez-le ici », dit le peintre sans ciller.

La trouvaille ne la surprenait pas, à la vérité. Depuis quelques jours, elle faisait des suppositions. Les modèles venaient toujours prendre la pause. Il en montait avec régularité, mais les coussins n'étaient plus dérangés. Et deux fois le matin, alors qu'elle était venue par surprise, le peintre n'était pas chez lui, elle avait dû prendre la clé sous la plinthe.

Et puis il y avait ça. Entre cent, le dessin. Elle l'avait remarqué, celui-ci. L'avait écarté des autres pour le mettre à la lumière. L'avait scruté tant et tant, tandis que depuis lui venait cette douleur qui, à tout moment, lui labourait le ventre. *L'Amour serrant la chouette de Minerve.* Ce rapt amoureux, cette étreinte folle, elle l'avait vu jaillir sous ses yeux en une seule impulsion sur le papier.

Il a une maîtresse. Monsieur a une maîtresse.

Elle se le répétait, tournait et retournait l'idée qui devenait une évidence. Une blessure. Il change, il parle, il est d'humeur radieuse parce qu'on prépare pour lui des surfaces géantes et parce qu'il dort chez sa maîtresse. Entre l'agrément de cette indulgence nouvelle et la cause de l'indulgence, entre euphorie et éclairs de souffrance, entre suppositions et doutes, elle se perdait. Les larmes lui venaient aux yeux. Pourtant, il y avait en elle un espace où une voix obstinée et puissante disait : Ne te noie pas dans ces réflexions, le moment est presque venu de l'accomplissement de ton rêve, l'impensable va se produire. Au fond de ta chambre, tu peins. Aménage avec un soin pointilleux, intelligent, ce qui doit être aménagé avant l'étape du saut final.

La voix lui disait qu'il n'était ni utile ni judicieux de se documenter, ou de chercher dans l'enchevêtrement des indices qui était la femme au bracelet d'opales. La voix l'engageait à se féliciter de le voir, lui, si beau, si inspiré, et que quelqu'un eût prononcé dans son dos deux jours plus tôt : « Au Panthéon de la peinture française, il va bientôt dépasser David. »

La voix intérieure de Florentine lui soufflait que le partage était bien assuré, qu'elle n'avait pas à pâlir ni à se morfondre quand elle contemplait en frissonnant *L'Amour serrant la chouette de Minerve*, car ce qui l'attendait, elle aussi, était mirifique. Des combinaisons exceptionnelles sortaient des lames, un cortège d'images luxuriantes défilait dans sa tête et les soirées de travail acharné dans sa chambre portaient leurs fruits plus qu'elle n'aurait pu l'imaginer. Elle était même parvenue à calmer Hyacinthe sur la question de son enfermement du soir. Il n'en touchait plus mot, il avait dit : « Je ne comprends pas, beaucoup de choses m'échappent. Mais, après tout, tu ne nous as jamais ni trahis ni déçus, ta tante et moi. Je te fais confiance. »

Le reste pouvait attendre encore.

26

« John, mon ami, ma nièce désire vous parler, annonça ce matin-là Hyacinthe à Tallberry qui arrivait tout juste. C'est une idée fixe. Je suis surpris.

– Pas moi », dit l'Anglais en posant le luxueux bagage de cuir qui le suivait partout.

Prudent comme toujours face aux finasseries imprévisibles du fabricant, Hyacinthe n'accusa pas l'étonnement que lui inspirait cette réflexion. Ils étaient depuis des semaines dans l'impasse d'une tractation au sujet de certaines soieries italiennes exceptionnelles, dont l'une, d'un cramoisi intense, portait le nom singulier de Pictor Dorado. En raison de l'appartenance de Tallberry à la très fermée Compagnie des étoffes de prestige, il fallait passer par lui, à Londres, pour atteindre le fabricant italien et acheter le trésor qui habillait duchesses et reines, et que convoitaient tous les grands boutiquiers de Paris.

Trois heures plus tard, une étape était franchie. Le long corps osseux de Tallberry se cassait d'attention devant son calepin de notes. Florentine avait pris la parole et, sans reprendre souffle, elle avait exposé les raisons pour lesquelles elle aurait besoin, s'il acceptait, de ses lumières et de sa collaboration. L'Anglais écoutait et posait des questions. C'était la suite logique de leur tête-à-tête intense au restaurant, après la séance aux Bains Chinois.

Dans le salon clos, alors que le jour commençait à décliner, nul n'avait pensé à allumer les chandelles. On n'entendait plus ni tombereaux ni omnibus derrière les vitres. La ville était calme et le feu de petites flammes, de loin en loin ranimé par Hyacinthe, régulier. À cette heure, la compétition du commerce, ses turbulences, perdaient beaucoup de leur réalité. Et ce que venait d'exposer l'étonnante jeune fille dont le regard semblait voir en transparence des êtres et des choses paraissait rejoindre la face cachée de Tallberry. Il s'en faisait la réflexion intérieurement.

« Coïncidence ou pas coïncidence, dit-il en étendant ses jambes trop longues devant les flammes, quelque chose voulait m'annoncer ce matin que je ne prendrais pas le bateau comme prévu, demain, à Douvres...

– Deviendriez-vous médium, vous aussi ? » dit Hyacinthe, que cette notion ne mettait jamais à l'aise.

Tallberry ne répondit pas. Il réclama une boisson chaude. On lui servit un café fort. Il grimaça, l'avala comme une purge, déclara :

« La prochaine fois, pour moi, pensez au thé et au lait. »

Et, changeant de visage, il dit ce qu'il avait à dire. Sobrement, sur un ton voilé, comme toujours lorsqu'il s'agissait de lui-même. Il parla, comme il l'avait fait avec Florentine, d'un petit théâtre à Whitechapel, un bijou de bois, de papier mâché et de décors peints, qui était sa propriété. Là-bas, il s'offrait le luxe d'aller dormir deux jours sur trois, seul, enroulé dans une couverture de vigogne en guise de couchage. Il précisa que, dans ce théâtre situé au milieu de la plus inquiétante fréquentation, mais d'une architecture raffinée, on jouait presque exclusivement des œuvres d'un certain John Bloodhound.

« Une anguille… qui me donne du fil à retordre… Je le soutiens, mais il s'échappe, je ne maîtrise pas ce personnage.

– C'est un artiste, dit Hyacinthe sur un ton entendu qui surprit l'Anglais.

– Un sacré buté d'artiste », confirma Tallberry en fouillant dans la poche intérieure de sa veste.

Il en sortit une cigarette turque d'un étui d'écaille, l'alluma, aspira quelques bouffées et son regard animé d'une lueur presque cruelle se posa sans s'arrêter sur le marchand et sur sa nièce. Ils surent qu'il était Bloodhound et lui sut qu'ils savaient. Les uns et les autres n'auraient pu dire de quelle manière l'évidence s'était imposée à eux.

Tallberry, alors, se leva. Il fit deux pas vers la porte, tourna sur ses talons, alla jusqu'à la fenêtre. Sa démarche était devenue erratique et ses gestes, bizarrement contraints.

« Il pleut, constata-t-il, il pleuvra bientôt autant à Paris qu'à Londres, c'est un comble... »

Il dit encore, avec un tic de sa lèvre blessée, qu'il n'aimait pas la vénération qu'on avait en Angleterre pour Dickens. Que l'omniprésence de Dickens sur les scènes anglaises devenait indécente. Et il conclut :

« Je suis féru de théâtre... des décors, des costumes, des pièces, de tout ce qui touche au théâtre... parce que c'est de la matière volatile et que vendre est parfois d'une lourdeur !...

– Oui, approuva Florentine.

– *Well, well...* »

Il soufflait avec volupté la fumée de sa cigarette dont le parfum agréable, légèrement exotique, commençait à emplir le salon. Il ne se pressait pas.

« ...Bon, eh bien donc, le chantier, le nouveau chantier, le voici, n'est-ce pas ? » déclara-t-il en exhibant son calepin ouvert sur une page vierge.

Florentine opina de la tête. Hyacinthe se tut. Depuis le début de l'exposé, il n'avait pas prononcé un mot.

« Voyons ce que nous pouvons imaginer... Sortez-nous les plans du Lampas Bleu, Hyacinthe. Montrez-nous tout ce que vous avez sur la question... Oublions ce qui existe ici. Essayons de redessiner l'espace. De le voir autrement. Mais avant, bien entendu, il faut que nous allions faire un tour au Salon du Grand Louvre... »

Il posa la main sur celle de Florentine.

« Dites-moi, *dear*, comment vous est venue cette idée mirobolante ?

– En marchant dans Paris. »

Hyacinthe tressaillit. La phrase n'avait aucun sens, la phrase n'expliquait rien, c'était l'esquive cent fois entendue, et le fait de la retrouver dans une version à peine différente de celle qui accompagnait chaque sortie de sa nièce l'exaspéra. De surcroît, il lui semblait qu'elle et l'Anglais avaient un peu trop tendance à faire du sujet leur affaire commune.

Il éclata :

« Vous allez un peu vite en besogne ! Attendez, calmez-vous. Vous oubliez l'essentiel. Il y a quelqu'un à consulter. »

C'était inattendu. Il y eut un flottement. Hyacinthe sortit, alla à sa chambre et revint, portant le portrait lourdement encadré qui venait d'être livré.

« Une seule personne décidera si, oui ou non, nous lançons ce projet insensé. C'est elle. Émilienne Galien, ma femme. Elle a toujours su ce qu'il convenait de faire au Lampas Bleu.

– Exact. Elle avait un jugement prémonitoire sur les modes et sur les stratégies de modes, une espèce de génie pour ça », dit Tallberry entre ses dents.

Il s'était carré dans son fauteuil. Florentine s'approcha du portrait de sa tante. Devinant le souhait du commanditaire, l'artiste avait posé des points de clarté sur le collier rouge, dont l'éclat rosissait le visage du modèle. Émilienne à vingt et un ans éclatait dans le cadre d'écaille, non pas austère, mais fraîche, ouverte et sûre de ses chances, à tel point qu'on aurait pu se demander quand lui était venue sa terreur du Jugement dernier. Malgré la jeunesse, l'expression déjà assurée de grande patronne du textile apposait son autorité à celle de son mari. Côte à côte, l'un dans son éternité lisse, l'autre dans le vif du débat, ils faisaient encore un couple. L'impression était saisissante.

« Quelle délicieuse et intelligente jeune fille ! » dit l'Anglais, dont le visage était devenu presque invisible derrière les volutes de fumée.

Hyacinthe laissa passer un silence.

« Elle avait tous les dons… Quand je l'ai rencontrée, elle avait cet âge, vingt et un ans. Elle ne ressemblait pas aux autres jeunes filles.

Elle dansait dans un bal. Et puis elle n'a plus dansé, elle m'a assuré qu'elle n'était pas née pour danser, que sa vie serait autre chose. Je n'ai jamais su ce qu'elle voulait dire, mais beaucoup d'agréments ont disparu de son existence.

– Elle porte ce bijou de grenats clairs qu'elle avait quelquefois… qui allait à son teint de brune », dit Tallberry.

Il avait sincèrement compati à la tragédie de la mort d'Émilienne, ce dont Hyacinthe lui était reconnaissant. Il alla passer la main sur la surface vernie. Vivre dans les étoffes le rendait sensible aux qualités tactiles, il avait souvent ce genre de gestes.

« Je partage votre émotion, Hyacinthe… Vous parlez de projet insensé. Évidemment ! Insensé, disproportionné, tout ce que vous voulez… Mais avouez, votre femme ne faisait pas des choix timorés non plus. Et elle mettait le Lampas Bleu plus haut que tout. Elle ne pourrait pas ne pas être concernée par le défi que représente cette idée… »

Il chercha les mots :

« Si toutefois nous nous montrons assez audacieux pour faire de l'événement quelque chose comme, disons… l'égal d'une scène à l'Opéra. »

Tallberry avait parlé d'une seule traite, il plongea ses yeux couleur d'huître dans celles du marchand et l'éclair d'une provocation y passa.

« En l'occurrence, j'imagine que nous aurons besoin d'un métrage important de Pictor Dorado. Je vais me mettre en relation dès demain avec mon confrère Salvatori en Italie. »

Il sourit, usant de ce charme instantané qu'il utilisait pour provoquer un revirement de situation. Hyacinthe y était sensible, mais, dans le cas précis, il ne retenait qu'une chose : le fameux Pictor Dorado allait figurer dans les collections du Lampas Bleu. Il serait le seul à Paris à proposer ce sommet de la collection du grand Salvatori.

De cela, sans aucun doute, Émilienne aurait été satisfaite.

27

Le temps filait, depuis que Florentine avait dévoilé son projet pour le Lampas Bleu. Tout ce qu'elle planifiait ou élaborait, tout ce qu'elle accomplissait ou faisait accomplir la ramenait à la fulgurance sortie du livre d'heures, le jour de son départ du presbytère. Et derrière l'ampleur de ce qui se préparait, son désir, tel le génie jailli de la Lampe merveilleuse, prenait corps la nuit dans sa chambre.

De retour de chez le peintre, elle n'écoutait pas la fatigue qui lui rompait les reins. Le cœur chaviré, mais inondée de certitude, elle était à sa peinture. De doute, elle n'en avait plus. Elle dormait très peu. C'était lourd de tout assumer, mais il n'y avait pas de tergiversation possible.

On avait fixé officiellement la date de l'événement.

Tallberry, rapide et malin, n'avait pas été long à comprendre que ces grandes manœuvres du textile lui permettraient de déployer son sens scénique, non plus confiné dans une petite salle excentrée de Londres, mais dans le grouillement opulent du Paris commercial. Pour ce genre d'action, son esprit était puissamment organisé. Celui de Hyacinthe était plus méditatif, mais prompt à saisir les inventions. Ils faisaient une excellente paire.

Sur la suggestion de Florentine, ils étaient allés déambuler ensemble au Salon du Grand Louvre. Ils étaient restés un long moment, touchés et comme stupéfiés, devant *Les Femmes d'Alger dans leur appartement.*

« C'est envoûtant, avait dit l'Anglais.

– C'est un monde féminin délicat et mystérieux. Nous devons nous en inspirer à la lettre, approuva Hyacinthe.

– À un détail près. Il y a une cloison invisible entre nous et cette chambre de femmes. Voyez… »

Tallberry s'était écarté de la toile et clignait.

« Elles ne nous invitent pas. Leur monde se suffit à lui-même. Mais nous, nous devons faire que cette cloison s'évanouisse. Que les visiteurs aient la sensation d'enjamber le décor en entrant. Qu'ils soient les acteurs du lieu. Ébahis, dépassés, précipités dans l'Orient et dans ses sortilèges… comme s'ils descendaient la passerelle d'un paquebot qui accoste sous la lumière d'Afrique.

– Comment comptez-vous arriver à ça ?

– Par ceci... et cela... et cela. Tout y est. Inutile de chercher plus loin. »

Comme un animal encerclant sa proie, Tallberry marchait, tournait devant le tableau, analysant la scène peinte telle qu'il la voyait et la scène vécue qu'il imaginait, les réunissant, les faisant siennes.

« Couleurs, assemblages de couleurs, atmosphère confite, tiédeur. »

Il ouvrit son calepin. Il le couvrait de notes extraordinairement rapides.

« Et de l'eau derrière tout ça, prévoyons. Fontaine murmurante... Parfums, parfums orientaux. Je vais passer rue Saint-Denis. Il y a une échoppe où on trouve toutes sortes de senteurs orientales. À l'entrée, déjà, c'est une suffocation... »

Il crut s'apercevoir que Hyacinthe commençait à s'alarmer de cette profusion décorative, voire à faire mentalement les comptes. Il avait annoncé qu'il allait participer financièrement à l'opération. La perspective aurait rassuré Hyacinthe, si l'espèce d'aimantation que le fabricant exerçait sur lui n'eût été constamment mêlée de soupçons dont il décelait mal la cause. Une fois de plus, il se méfiait.

« Il faut troubler, c'est l'essentiel, dit l'Anglais sûr de lui… Et puis, mettons les choses au clair dès demain avec votre comptable. Les retombées seront importantes, je demande à être intéressé à l'opération… En attendant, vous savez comme moi qu'avec nos étoffes, avec ce qu'elles peuvent traduire entre des mains habiles à les mettre en forme, nous avons tout ce qu'il faut pour transformer le Lampas Bleu en un éblouissant palais du Levant… »

Hyacinthe souriait vaguement à la perspective. On le bousculait, on lui faisait sortir des archives sacrées qu'il répugnait à sortir, mais l'insolite du projet, son ampleur, l'empoignaient. Lui rappelaient la création du Cabinet des Émois dix ans plus tôt, le choix des murs roses, l'achat des miroirs, le petit escalier tortueux rafistolé en une semaine, les conciliabules avec les artisans, à l'insu d'Émilienne.

« Il y aura l'esprit de cette chambre, insista Tallberry… Et il y aura d'autres coins, d'autres surprises… Comme si ce palais était sorti dans la nuit de la tête d'un sultan jaloux de son plaisir. »

Son ton restait égal, mais les plaques enflammées qui marquaient son teint de roux attestaient de sa passion. Il saisit Hyacinthe par le bras et l'attira à nouveau très près de la toile.

« Quant à celle-ci… qui nous tourne le dos, dit-il en montrant l'esclave noire postée devant le rideau, c'est elle qui introduit tout. Si elle lâchait le rideau, rien, plus rien ! Avez-vous pensé à ce pouvoir de l'esclave noire ? Sa présence est indispensable. Il faut la trouver.

– Où ?

– Où elle se trouve. »

Quelque chose d'ambigu flottait sur le visage trop étroit de Tallberry, de la hâte, presque de l'angoisse, mêlé au plaisir d'avoir à partir en chasse à travers la ville, ce qu'il adorait. Il eut un geste large.

« Quelque part dans Paris. Je m'en occupe. »

*

* *

Florentine avait écouté la relation par les deux hommes de leur visite au Salon du Grand Louvre. Elle était satisfaite. Tallberry, pris dans un élan irrépressible, était tellement à son affaire qu'il y avait toutes les chances pour qu'il entraînât Hyacinthe dans une mise en scène grandiose. Et celui-ci lui emboîtait le pas. Discrètement, Florentine les dirigeait à distance, ajoutait, infiltrait dans leurs plans des éléments sortis d'autres toiles du peintre qu'ils ne pouvaient connaître. Une tenture, une aiguière, un perroquet en cage, une coulée de taffetas cramoisi sur un lit d'un décor tel qu'ils n'en avaient jamais vu. Tous deux entraient avec jubilation dans le jeu de la surenchère et, à le faire, ils se sentaient les seuls auteurs de l'événement.

« Taffetas cramoisi, ça, c'est le Pictor Dorado, avait dit Tallberry. Je l'ai, figurez-vous. Il est arrivé. Dans un rouleau de carton laqué, comme ceux qui emballaient les calligraphies chinoises. Vous verrez au déballage, cette étoffe est surnaturelle ! »

Florentine écoutait, appréciait. Quant à sa tâche auprès du peintre, elle l'exécutait plus finement que jamais, déchirée de nostalgie à la pensée que bientôt le cérémonial exécuté à l'atelier chaque jour, et chaque jour reconduit à la perfection, allait prendre fin. Que plus jamais elle n'irait se poster derrière le hublot rond du réduit.

Elle apportait du café, le préparait, passait des souffles aériens de plumeau, s'escrimait à lustrer le plancher au pied. Mais l'inquiétude la tenaillait de ne peut-être parvenir à attirer le peintre au Lampas Bleu. Bien sûr, une invitation lui serait portée et elle se chargerait de la placer en évidence. Mais se dérangerait-il vraiment ? Interromprait-il la série des dessins et des esquisses pour aller découvrir la chimère qu'elle donnait à édifier en ne pensant qu'à lui, à ses visions et à ses couleurs ?

Les cartes captaient des courants favorables sur le sujet.

Florentine transportait partout avec elle un trio de lames, sans que le peintre, ni Hyacinthe, ni Tallberry, pussent s'en apercevoir. C'était une concentration de plus à assurer, et c'était harassant. De tous côtés elle donnait de sa personne, mais nul n'y prêtait attention. Le peintre passait son temps à courir entre l'atelier et le Palais-Bourbon. Et, en face, le Lampas Bleu, soumis à un bouleversement gigantesque, était fermé au public.

On avait d'abord déroulé en grandes vagues les pièces de tissus sur les banques, puis, à la lumière des notes prises par Tallberry, on avait choisi ce qui constituerait la chair des décors. On avait défait, pour les repenser comme de petits salons ou des chambres, tous les espaces de vente. Hyacinthe et Ferdinand Rival de Leps, rappelé, dirigeaient le travail d'un tapissier, d'un menuisier et de trois couturières. Tallberry, jaloux de ses pouvoirs, se gardait la liberté exclusive de travailler le Pictor Dorado. Le reste du temps, il courait Paris pour trouver des accessoires. Versait des essences de parfums sur des mouillettes de parfumeur, les passait sous les narines du personnel. Jasmin de Grasse ou jasmin marocain, eaux de fleur d'oranger, ambre d'Extrême-

Orient, ils étaient consultés. Ils étaient surpris, dépassés, mais le fantasque de ces journées sans clients, qui passaient comme le vent et apportaient une autre dimension à leur travail, les ravissait.

« Tout va trop loin, John, dit Hyacinthe un matin. Ce n'est plus du commerce.

– Et quand bien même ! »

Tallberry se resservit une tasse de thé. Pour lui, on avait acheté du thé à la bergamote et une théière en Wedgwood bleue, identique à celle qui accompagnait ses spéculations d'auteur dramatique dans le théâtre de Whitechapel. Un employé était chargé de jeter des feuilles et de l'eau dans la théière dès qu'elle se vidait.

« *My God*, calmez-vous. Mais, Hyacinthe, cessez de toujours chercher à définir les choses ! Quand on *définit*, on ne *fait* pas et ça, c'est tout les Français. Ils définissent. Laissez venir. Nous sommes partis, nous sommes partis, lâchons la bride ! Nous verrons bien...

– Je vois surtout que nous allons à l'extravagance.

– Donc au trouble. C'est le but. »

Hyacinthe fit mine de sursauter. En réalité, il jubilait comme les autres.

Seul, le grand portrait d'Émilienne restait impavide, tandis qu'autour de lui se formait un cercle de retenue et de silence. C'était à un tel point qu'on ne parvenait pas à décider où, en définitive, on allait le placer le jour de l'ouverture.

28

Très vite, la rumeur au sujet de l'événement avait fait son office. Elle était sortie du quartier, avait filé en s'amplifiant jusqu'aux autres quartiers concernés de la ville. Elle avait intrigué autant qu'elle le devait. Les clientes avaient une vague idée du motif pour lequel elles se cassaient le nez sur la porte de la boutique, mais les invitations, dans leur laconisme, n'éclaircissaient pas grand-chose.

On les avait rédigées comme suit :

> Le Lampas Bleu
> Convie ses clients fidèles à une Turquerie,
> Agrémentée de toutes les saveurs,
> De toutes les couleurs et de tous les parfums
> Des jardins de Babylone.

Tallberry continuait à dérouler le fil de son inspiration. Il avait loué un appartement et engagé un valet de chambre pour un mois plein. Tôt le matin, il arrivait à la boutique rasé par un coiffeur qui montait au petit jour à sa chambre. Aucun détail n'échappait à sa vigilance. Deux jours avant l'ouverture, il entra par la porte du fond et annonça :

« Nous avions fait une impasse. J'ai trouvé ce qui nous manquait. Un poète. Je l'ai. Jeune, vif, doué... Il vit avec une clique de rimailleurs comme lui, mais c'est le meilleur. On m'assure qu'il a des envolées superbes. C'est un certain Gautier, Théophile.

– Je ne connais pas, dit Hyacinthe submergé.

– Son œil ne laisse rien passer. Je vous l'amènerai demain. Vous jugerez. Croyez-moi, mieux vaut offrir aux journaux parisiens une plume flamboyante plutôt qu'une plate chronique d'événements.

– Faites comme vous pensez, John. Invitez ce Gautier, mais ne me l'amenez pas, par pitié ! Je n'ai plus le temps de recevoir qui que ce soit. Et puis... et puis quoi encore ? fit Hyacinthe, voyant Tallberry arrêté sur une pensée qu'il n'exprimait pas.

– Et encore, vous souvenez-vous d'Ibn Arabi, ce grand poète arabe ? Je vous en avais parlé.

– Eh bien ?

– Sa poésie est somptueuse. Nous ne pouvons pas nous en passer. Introduisons l'événement par elle. Parce que l'Orient sans la poésie, ce n'est pas l'Orient. »

29

Il avait plu sur Paris. Des flaques traînaient entre les pavés et les vêtements étaient humides. Une agitation animale avait secoué tout le quartier du Palais-Royal, près de la galerie d'Orléans, bien avant l'heure prévue. Avant que la porte ne s'ouvrît sur la présence de Hyacinthe Galien, surmonté d'un grand portrait solennel de sa femme.

La foule s'était engouffrée dans la galerie. Et puis la foule, empêchée, avait dû s'arrêter. Elle protesta. Il faisait sombre comme dans un four. Rien ne pouvait justifier une telle chose. Quelqu'un alors, avec un fort accent anglais, imposa le silence. Il se fit. On entendit un murmure, le tremblement d'une voix de basse, soutenu par le son d'un oud et d'un tambour de basque. Le murmure enfla, ondula par-dessus l'assistance et, tout au fond de la galerie, la boutique émergea du noir, éclairée de tous côtés, éblouissante. L'air accompagné continuait à s'étirer, langoureux. Prise dans l'écho de ses battements lents, la foule ne bougeait plus, ne parlait plus, ou bien à voix basse. Et elle se mit en marche. La force de l'envoûtement la gardait de toute précipitation. Elle avança, passa la porte et découvrit alors, interdite, qu'une série de petites chambres précieuses l'invitaient dans la splendeur d'un palais oriental.

Hyacinthe et Tallberry avaient prévu large. Autant d'hommes que de femmes avaient été portés sur la liste et, pour donner du style, ils avaient insisté sur les artistes. Dans l'assemblée, certains se voyaient côtoyer Marie Dorval, Ary Scheffer ou la Malibran avec son amant. Ou, s'ils ne parvenaient pas à identifier les visages, ils faisaient des supputations, ce qui revenait au même. Ils affirmaient voir le compositeur Franz Liszt. Ils disaient que Toscanini le virtuose était là, venu de Vienne avec son violon fou. Les nouvelles se propageaient à tort et à travers.

Les habitués du Lampas Bleu, eux, se sentaient un peu perdus, car la répartition des volumes avait changé. Et l'atmosphère était indéfinissable. Ce n'était plus du commerce, c'était très probablement autre chose, mais personne n'aurait su dire quoi. L'attraction, le dépaysement, venaient de là, des sensations mêlées, de l'incertitude, de la profusion, des méandres du parcours proposé.

Près d'un bassin de marbre, sur lequel flottaient des pétales de rose, il y avait, perdue dans une brume d'encens, la chambre aux parfums, débordant de poudres, de pâtes, d'onguents et de pommes d'ambre. À côté s'ouvrait le salon aux pâtisseries. Et le salon du thé à la menthe. La chambre aux robes de soie sauvage. La chambre du Grand Lit de l'Amour où, tel un pavot géant offert à la lumière, plus rouge que rouge, resplendissait l'ineffable Pictor Dorado. Juste à côté, une chambre étroite, dans des tons dégradés de vert, présentait une petite toile sans cadre sur une simple table noire.

C'était là, à l'écart, que s'était réfugiée Florentine, les cheveux disposés en tourbillon, sous une pluie de perles de verre, par le coiffeur de la tante. Elle se tenait très droite. Sa partie à elle était si discrète que personne ne l'apercevait.

Elle croisait des regards qu'elle ne voyait pas. Des épaules la heurtaient qu'elle ne sentait pas. Elle écoutait le chant de l'homme en caftan et burnous, posté sous le palanquin. Le chant glissait sur sa peau, l'enveloppait de puissance et de doute. Des phrases sorties de la foule s'y mêlaient, restaient à la surface, comme des feuilles sur l'eau d'un étang. « Marie Dorval est là, elle est en chasse. – Homme ou femme ? – Les deux. – Hugo n'a pas amené sa Juliette.

Il la tient sous le boisseau. – Et sa femme ? – Il la tient au secret. – S'il vient, il n'amènera que ses *Orientales*. – Ce qui ne lui coûtera rien. – Dieu bénisse Hugo et sa ladrerie ! »

Un jeune homme coiffé d'un béret de velours aborda Florentine. Il annonça qu'il se nommait Théophile Gautier.

« Les parfums blancs me ravissent, la blancheur des lys aussi. Le blanc est une couleur absolue », dit-il.

Il avait de la douceur dans la parole. Il conversa agréablement. Elle lui répondit par monosyllabes. Ils virent passer la servante noire avec un plateau chargé de friandises. Jeune et souple, la démarche déhanchée, elle avait des boucles d'argent aux oreilles et un lien jaune sur les reins. Ce qu'elle portait évoquait l'exubérance d'un pont de bateau revenant des Îles.

« Faites-vous servir du thé à la menthe et des gâteaux, le grand buffet est là-bas », dit Florentine au poète.

Il remercia et disparut.

Elle resta seule. Elle avait commencé son affût. De toute son âme, elle l'attendait. C'était pour lui qu'elle avait convoqué cet afflux de foule brillante. Ce qu'elle avait à lui dire l'avait brûlée toute la nuit. Trois mots. Elle n'était pas sûre de parvenir à les prononcer. Les trois mots revenaient à lui faire éclater le crâne, dans le battement obsédant du tambour de basque. La peur la tenaillait. Elle eut faim, faim de douceurs. Elle se rendit au salon du sucre. Les dattes en pyramides, les oranges, les cédrats, la pâte d'amande verte, la tentèrent tous à la fois. Elle avala des prunes confites. Elle le fit goulûment, puis elle mordit avec violence dans une corne de gazelle, et à chaque coup de dent s'intensifiait en elle la certitude qu'elle mettait sa vie au bord de l'abîme.

Elle alla jusqu'au Grand Lit de l'Amour.

Il était vaste, surélevé. Sa coque en bois doré s'achevait sur une monumentale tête d'éléphant et, aux quatre coins, des chandelles en cages de verre mettaient des miroitements dans les vagues souples du Pictor Dorado, jeté sur sa surface. Tallberry l'avait dit : celle-ci, c'est une étoffe surnaturelle. C'était vrai. L'étoffe avait construit un royaume. Autour d'elle, des femmes de tous milieux se tenaient les unes près des autres. Elles n'échangeaient pas un mot. L'une d'elles, une brune boulotte avec un chapeau doré, passait et repassait la main sur la surface rutilante, elle souriait. Les autres la regardaient faire, regardaient ses mains pâles sur l'étoffe rouge. Il n'y avait pas beaucoup d'hommes à cet endroit. Ils étaient massés dans le salon de la sellerie et des sabres. Seul le jeune Gautier, immobile, contemplait la scène avec respect. De Leps, discret, se trouvait à ses côtés. Il lui chuchota :

« Cette splendeur, c'est une époque qui se trouve. Romantisme, monsieur, le mot va exploser. »

Le tambour résonna plus fort. L'homme en caftan et burnous arrêta son chant. Il se mit à déclamer de la même voix sombre qui creusait l'espace.

Mon bien-aimé, où est-il ?
Par Dieu, dites-le-moi : où est-il ?
Comme j'ai vu son ombre,
Verrai-je sa réalité ?

Tant et tant de fois je l'ai cherché,
Souvent j'ai tenté de le rejoindre !
Bien que je sois sûr de son éloignement,
Je ne suis pas sûr de sa proximité…

Dans le courant de cet appel, Florentine le vit.

Il entrait. Il passait la grande porte du Lampas Bleu. Une femme marchait à ses côtés. Elle portait une robe de mousseline grise ornée de broderies translucides, comme du sucre filé. Un bijou d'or et de brillants scintillait à son cou et ses épaules étaient couvertes d'un long châle de Manille. Elle avait le port, l'allure, le raffinement auxquels on pouvait s'attendre. C'était une femme du grand monde. À peine entrée, elle lui lâcha le bras et se dirigea vers le centre du magasin, qu'elle semblait bien connaître.

À la seconde, Florentine ne vit plus que lui. Ce qui l'impressionnait le plus en lui, la réserve et l'âpre résolution de ne pas céder à l'émotion. Il était là, muet, posté. Depuis toujours, il se méfiait des foules, il les fuyait en principe, mais on aurait dit qu'il faisait durer la sensation de s'y laisser engloutir. En réalité, il luttait contre l'impression dérangeante et grandissante de se trouver à la fois ici et ailleurs. Une idée lui tournait dans la tête : la luxuriance orientale offerte par la boutique avait une raison dissociée du commerce. Elle avait comme une valeur de sacre.

Il refoulait la pensée. Il la trouvait incongrue, mais l'idée bourgeonnait en lui. Le contraignait à avancer comme les autres. Il fit quelques pas. Son regard saisissait des détails, des tons, une atmosphère. Il en recevait une pluie d'impressions familières, tandis qu'à l'inverse son esprit vacillait. Une volonté extérieure à la sienne cherchait à l'entraîner en eau profonde. Il se cabra. Soudain, un choc formidable lui ébranla le cerveau : la foule distraite et futile marchait dans ses tableaux.

En morceaux, en éclats, par éclairs, l'*Odalisque au perroquet* et *Sardanapale* et les *Femmes d'Alger* et la *Noce juive*, la *Juive d'Alger*, ses créatures, ses fantômes, étaient présents, ils vivaient dans les scintillements et les froissements d'étoffe de la boutique de nouveautés.

Il y avait, sur un vaste lit, le flamboiement pourpre de la couche de *Sardanapale*. Et l'aiguière d'or. Et le perroquet qu'il avait posé au chevet de l'*Odalisque* nue. Et toute la sellerie des études de chevaux arabes. Il y avait, les cheveux enserrés dans le turban rouge et portant la jupe, le corselet, la blouse avec lesquels il l'avait habillée, l'esclave noire, près d'une table couverte de sucreries. Et d'autres couleurs, des froissements de soie, des formes s'imposaient, qu'il gardait gravés dans l'œil et dans la mémoire. Les yeux agrandis, il saisissait, les images défilaient. C'était comme dans ces rêves de la nuit où le sujet se fragmente, se recompose, disparaît, refait surface, vous laisse ahuri et rompu de fatigue.

La tête lui tourna. Il cherchait Joséphine. Il ne l'aperçut pas. À l'instant, il vit Florentine. Elle avançait dans la lumière des lampes à gaz. Elle marchait vers lui. Elle déployait toutes ses forces pour progresser à contre-courant de la cohue. Sa jeune servante, il ne se trompait pas. Les cheveux relevés. Petite silhouette comme sortie d'un conte, prise dans les boursouflures d'une étoffe qui l'ennoblissait, la grandissait. Pris de colère, il la voyait comme une propriété enlevée à l'atelier, emportée, changée, dénaturée. Pourquoi ne l'avait-on pas informé de la nature de cette fête et de ceux qui y seraient présents ?

Elle fondit sur lui. Elle demanda très vite sans le regarder :

« Monsieur veut-il du thé à la menthe ou du punch ? »

Il ne dit rien. Et puis il dit, violent :

« Je veux du punch. »

Il dit encore :

« Que fais-tu ici ? »

Elle haletait. Il reconnaissait les secousses nerveuses qui lui faisaient d'un coup le corps si fragile. La pensée embrouillée, affolée, elle balbutia :

« J'appelle la servante. Elle va vous servir.

– Comment, la servante ? Ne peux-tu le faire toi-même ? »

Elle eut une crispation douloureuse du visage, comme si la suggestion était inconvenante, comme si elle était choquée. Elle fit signe de loin à la servante noire.

« J'ignorais qu'à Paris les servantes étaient vêtues comme à Babylone, dit-il froidement, de jupes incarnat et bleu figue. D'où viennent ces références ? »

Elle répliqua, le cœur cognant à l'étouffer :

« De moi, de ma mémoire, monsieur.

– Ta mémoire est pointilleuse.

– Voilà des semaines que je l'exerce en regardant vos tableaux.

– Des semaines... Beaucoup de choses m'échappent, décidément. Beaucoup... »

Il avait rabattu de sa superbe. Elle vit qu'il était pâle, comme dépouillé de quelque chose. En réalité, c'était l'inverse, il était confondu par ce qu'il identifiait dans la fête. L'interprétation vivante de ses toiles et, au centre, la présence de Florentine, l'intention, la hardiesse de l'idée de Florentine, la méticulosité de la réalisation, tout cela arrivait seulement à sa conscience. Tout cela le bouleversait.

« Quel rapport exact as-tu, toi, avec cet événement, avec cet endroit ? demanda-t-il, la voix cassée. J'aimerais comprendre.

– Je suis la nièce de Hyacinthe Galien, le propriétaire du Lampas Bleu.

– Galien. »

Il répéta :

« Galien, Galien… Je n'avais pas lu l'invitation. On m'a entraîné ici malgré moi… C'est donc ici que tu vis ?

– Oui.

– Qu'est-ce qui t'a poussée à monter chez moi ? »

Elle mit son regard dans le sien.

« Je devais. »

Elle aurait voulu lui parler du livre d'heures, des lames du tarot et de leur ascendant magique sur sa vie. Du courant qui avait traversé la ville transie et le fleuve pris dans la glace, pour faire irruption dans sa chambre et la propulser seule, dans le désarroi de son ignorance, jusqu'à l'atelier du quai. Elle aurait aimé lui parler du cheval blanc dansant devant la mer. De la faille qu'il avait creusée en elle.

Elle aurait voulu lui dire son amour. Les heures du jour au Lampas Bleu passées à retrouver sa présence, les heures de la nuit dans sa chambre, ensorcelées par le parfum volé dans la malle de voyage. Elle aurait pu lui dire la longue et tremblante caresse qu'elle avait posée en manière d'adieu sur le grand chevalet, avant de définitivement tirer la porte de l'atelier.

Les mots ne franchissaient pas ses lèvres.

« Pour quelle raison, Florentine, dit-il, pourquoi as-tu décidé cela, dans les conditions où tu vis, de venir travailler chez moi ?

– Venez, monsieur. »

La servante noire arrivait avec le punch. Elle le servit.

« Où veux-tu m'emmener ? Attends. J'ai soif. Laisse-moi boire avant.

– Tiens… »

Il lui présenta le verre. Les yeux fermés, elle y trempa les lèvres.

« Tu es très belle dans cette tenue. »

Il lui reprit le verre et dégusta à son tour le punch à petites gorgées. La préparation était corsée, remplie d'oranges à vif et de toutes sortes de fruits flottant à la surface. L'alcool ne lui parut pas assez fort. Il en redemanda.

« Un jour, je t'ai vue sur la passerelle, Florentine. Tu portais cette tenue ou une autre du même genre. J'ai su que tu me mentais jour après jour. Il y avait une raison. Mais tu travaillais durement, indéniablement. Tu ne venais pas chercher des gages…

– Non… »

Elle eut un drôle de sourire, il pensa – un sourire triomphant.

« Vous l'aviez compris, monsieur. Un jour, j'ai su que vous l'aviez compris. »

Il dit :

« Je me souviens de ce jour. »

Il prit sa main, se pencha, lui embrassa le cou, sentit la tiédeur de sa peau, sentit la densité du corps de Florentine. La sentit infiniment. Il la serrait contre lui, et l'invisible et obsédante présence de toutes les toiles autour desquelles ils avaient tourné côte à côte à longueur de jour s'immisçait dans leur étreinte. Ils les voyaient tourbillonner, immensément se dilater. L'un contre l'autre, ils chancelaient. La foule les protégeait. On ne les apercevait pas. Le souffle court, il demanda :

« Quand ce dur travail que tu exécutais pour mon compte a-t-il commencé à remplir son office, pour toi ? »

Il était toute douceur, mais son regard de fauve la pénétrait.

« Ne serait-ce pas quand tu t'es mise à me surveiller dans le réduit ?

– Si. Venez, il faut que vous veniez voir. »

Il la suivit. Dans la poussée de la foule, Tallberry et Hyacinthe passaient. Ils ne s'aperçurent pas que Florentine était accompagnée et Florentine ne prêta pas attention à leur présence. Elle et le peintre arrivaient à la chambre verte. Il n'y avait pas grand monde. C'était l'endroit le moins spectaculaire du magasin, elle l'avait voulu. Elle alla droit au petit tableau sans cadre, le prit à deux mains, le présenta.

« Qu'est-ce que c'est ? »

Il se courbait dessus. Retenant son souffle, elle le voyait concentré dans son observation et elle ne pouvait y croire, elle ne pouvait croire à cette situation, lui penché sur cette chose d'elle et elle contrôlant ses gestes. Il ne disait rien. Elle ne voyait pas sa figure. Il était difficile de savoir ce qu'il pensait. Enfin, il parla. Sa voix avait un ton mat, étonnamment mat.

« D'où cela vient-il ? Qu'est-ce que c'est ?

– *Un gilet vert sur une chaise brune.*

– Je m'en aperçois ! »

Il se releva, les yeux flamboyants, vrillant les siens.

« Qui a peint cette toile ? »

À une rapidité extraordinaire, sur le visage en feu de Florentine, défilèrent une douleur, et une délivrance absolue. Et comme lorsqu'une chose arrive enfin, comme lorsque le corps entier atteste qu'elle a été attendue un temps infini, peut-être une vie, et qu'on la voit se produire en une fraction de seconde, elle murmura :

« C'est moi qui l'ai peinte. Moi. Je suis peintre.

– Toi. »

Il répéta à plusieurs reprises :

« Tu l'as peinte, toi, toi, Florentine.

– Oui, moi. »

Elle sentait les larmes venir de loin, de l'aridité de l'enfance, du presbytère battu par les vents et de l'interminable attente, les larmes la baignant comme on bassine un visage pour le ramener à la vie, mais, dans cette mer de larmes rédemptrice, elle ne perdait pas le fil du discours.

« J'avais une mission. On m'ordonnait de voir.

– On t'ordonnait ? Qui ?

– Un livre. »

Le ton de Florentine était redevenu ferme, presque autoritaire, comme cela arrivait parfois.

« Je devais regarder. J'avais à faire des réserves de regard, autant que c'était possible, mais je ne savais pas où. J'attendais. J'ai cherché. Vous étiez un jour au Salon du Grand Louvre, j'étais avec mon oncle. Il cherchait un peintre pour commander un portrait. Vous étiez avec quelqu'un. Vous parliez devant la toile du cheval blanc. Je vous ai suivi, je vous ai forcé à me prendre comme servante. Et j'ai appris. Je sais.

– Tu sais ? Tu dis que tu sais… »

À son habitude, il scrutait de très près le tableau. Il y avait du tumulte, de l'air, des reflets, dans le gilet vert représenté. C'était une solide petite toile. Et ce gilet, c'était le sien, celui qu'il portait encore parfois aux soirées en ville, le gilet qu'il avait sous sa veste, dans l'autoportrait exécuté il y avait déjà un temps. Mais cela, le petit tableau du *Gilet vert sur une chaise brune*, avec sa couleur travaillée en souple préparation par-dessus les frottis de terre et d'ocre, donnait tout autant une sensation de présence vivante. De véritable portrait. Il murmura, impressionné, incrédule :

« Ainsi, depuis le réduit, tu apprenais… les couches de fond, les mélanges, les gestes, les coups de brosse. Et aujourd'hui ce… cette sorte de spectacle organisé chez ton oncle, c'est…

– C'était pour vous et pour moi. »

Traversé par l'aveu, par l'ardeur folle qui le portait, il hocha plusieurs fois la tête, avala une grande gorgée de punch. Lui tendit le fond du verre.

« Tu vas penser comme moi. Tu as le droit. Nous faisons cause commune… Qu'est-ce qui te fait pleurer ? Que je sache qui tu es, Florentine ? »

Elle lui avait attrapé les mains et les serrait avec une force extraordinaire. Elle le pressait de lui dire ce qu'il devait lui dire et il le fit. D'une voix sourde et lente, parce qu'il savait que ce palais de Shéhérazade au cœur de Paris, comme toutes les foires et comme tous les grands spectacles, ne durerait qu'un souffle, parce que cette rencontre était peut-être la dernière, mais qu'auparavant ils avaient à partager, dans ce temps légendaire et flou, l'entaille dans la chair, le lien qu'ils s'étaient caché, que sans doute ils connaissaient depuis la première heure, il dit ce qu'il ne disait jamais. Ce qu'il avait écrit dans les pages de son Journal :

« Donc c'est vrai, Florentine. Toi aussi, toi comme moi, *la beauté t'assassine* ? »

La phrase était brutale, elle était étrange. Mais Florentine ne s'y trompait pas. Il lui faisait présent de sa solitude. De sa solitude illuminée par le désir qui brûle et par la beauté meurtrière.

« Oui… Je crois bien. »

En disant cela, elle se revoyait petite fille, fuyant l'étude maudite pour ses courses folles le long de la grève. Et c'était aux nacres de mer, dans l'éclat de l'aube, qu'elle pensait, surtout. À l'arc-en-ciel au fond des coquilles pâles ouvertes sur le sable. À sa hâte de les saisir, éperdue, lissant de la main leur surface, de peur qu'elles ne disparaissent.

« Quand as-tu peint cette toile exactement ?

– Après les poussières, quand je rentrais.

– En as-tu peint d'autres ?

– Pas une vraie toile. Les chairs, je ne sais pas. J'ai essayé… Je voulais peindre celui-ci d'abord, le *Gilet vert*. »

Elle était si concentrée qu'elle semblait ne plus le voir, ni lui, ni la fête qui battait son plein autour d'eux. Il pensait qu'elle avait quitté le refuge de sa rive pour traverser la passerelle dans les rafales de vent d'hiver et monté les étages avec le broc d'eau. Elle avait surveillé le feu, rangé les brosses, lustré les carreaux, lavé le sol et, repartant après toutes ces heures, les jambes ne la portant plus, les épaules rompues, simplement salué. À demain, monsieur.

Parce qu'elle l'avait fait avec ce désir unique d'apprendre ce qui devait s'apprendre, et suivi ce long chemin d'endurance et de mutisme qui l'avait conduite à la petite toile du *Gilet vert sur une chaise brune*, posée dans son nid d'étoffes, parce qu'elle avait supporté tout cela sans renâcler ni faillir, ni jamais dévoiler son but, il fut pénétré d'admiration et d'estime. Peintre. Il savait ce que cela voulait dire.

« Tu ne reviendras donc plus faire les poussières à l'atelier ?

– Non. »

Sa voix s'étouffait. Elle devait s'arracher à lui. C'était long à venir, comme un brasier qui s'éteint et qui gémit dans ses braises, sourdement. Tout près d'eux, le chant accompagné à l'oud hésitait, ses accords tremblés leur tournaient autour. Ils sentaient qu'ils auraient pu poursuivre la conversation indéfiniment, mais il n'était pas envisageable de le faire, car tout, déjà, était presque conclu entre eux.

Lui devait rejoindre Joséphine. Ils allaient au théâtre ensemble.

Et puis, soudain, il n'hésita plus. Il n'avait pas à réfléchir. L'évidence venait de lui apparaître, peut-être à cause de ce chant venu du fond des déserts, qui indéfiniment reprenait, poignant, souffrant de ne pas trouver d'échos dans la frivolité de l'assistance, et vibrant du mystérieux frisson présent au fond d'eux-mêmes, que ce qu'il fallait, c'était saisir l'essentiel.

« Écoute... Au Palais-Bourbon, les jours prochains, Florentine, j'aurai besoin d'un détail pris sur le grand Rubens... Te souviens-tu de ce jour où nous sommes allés au Louvre ensemble ? »

Elle fit un signe de tête affirmatif.

« Il y a un détail qu'il me serait nécessaire de consulter. Il faudrait aller copier là-bas. Noter à grands traits, mais avec précision. C'est un drapé qui s'enroule de bien curieuse manière sur la cuisse d'un angelot. Le temps me presse. Je ne pourrai pas y aller. T'en chargerais-tu, toi ? Tu peux le faire ! Passerais-tu auparavant prendre les consignes et le matériel à l'atelier ?

– Je passerai.

– Et puis...

– Et puis ? »

Elle attendit. Il se taisait. Elle savait. Ailleurs, plus tard ou peut-être incessamment, le temps dans tout cela était sans importance, elle sut qu'ils se laisseraient emporter dans l'éblouissement qui cherchait à les rejoindre. Elle répéta, écoutant l'écho de sa voix : « Je passerai. » Il plongea encore une fois le regard dans le regard gris-bleu, le retint en lui par l'effet d'une force mystérieuse qu'elle n'y avait jamais rencontrée. Elle sentit que son corps devenait incandescent.

Il lui sourit, se détourna, et elle le vit disparaître.

Au même moment, la silhouette de Hyacinthe se détacha de la foule. Il courut vers Florentine. Il prit son bras.

« Que fais-tu toute seule ici, mais viens ! Viens goûter les gâteaux, ma chère petite. Quel succès, quelle journée réussie, Seigneur Dieu ! Il s'est passé quelque chose… Je ne sais pas dire ce que c'est pour le moment. Nous verrons. Nous verrons cela… Émilienne est fière, je crois qu'elle nous sourit. »

En réalité, il n'était pas si sûr que cette débauche de parfums et de douceurs à des seules fins de volupté fût vraiment du goût de sa femme, mais pour l'heure, grisé, rajeuni, il fuyait le regard du portrait suspendu à l'entrée, repoussant la confrontation avec la vérité à plus tard. Autour de lui, les clients ne se sentaient plus d'impatience. Les commandes pleuvaient sur les quelques cahiers ouverts à cet effet.

Florentine fit mine d'accompagner son oncle. Elle n'eut pas de peine à le perdre, prit le *Gilet vert sur une chaise brune*, monta à sa chambre et s'allongea.

Sous les volutes du ciel de lit, la petite toile tenue serrée contre le ventre, elle examinait le prodige arrivé à terme. Sa toile, la sienne. Le petit tableau encore humide sur lequel il s'était penché jusqu'à en perdre la parole. Même s'il avait précipité son départ, même s'il était parti, accompagné, vers d'autres événements de la ville, il ne l'avait pas quittée. Au palais du Louvre, sur le tableau du maître ancien, quelques traits à saisir la liaient à lui plus étroitement que le bracelet d'or ne liait la *femme d'Alger* à sa solitude. Et l'expression de son visage, à l'instant de leur séparation, lui en avait dit plus encore.

Elle ferma les yeux. Avec le brouhaha de la réception, les pulsations de l'oud et du tambour montaient à travers le plancher. Autrefois, quand les coups de vent ébranlaient la bâtisse, la sœur du curé sortait les cartes de sa paillasse et, penchée dessus, cherchait ce qui allait émerger de la tempête. Là-bas, la vieille femme et le curé devaient encore garder le trésor enfermé, mais elle, elle l'avait ouvert. Elle était entrée à l'intérieur du livre d'heures. Elle l'avait fait par effraction et, dedans, elle avait trouvé des échos, des paysages, des figures, des couleurs, des formes jouant avec leurs reflets. Dedans, la beauté en éclats lançait des défis comme on lance des sorts. Lui, il le savait. Il savait que, sous un ciel magnétique, crépitant de comètes et d'étoiles, à un instant, l'affrontement se fait. Ardu, âpre, hors de toute protection, de toute loi établie, comme une conquête de terres sauvages.

Ensuite vient le don.

La beauté m'assassine.

Demain, c'était elle qui irait se poster devant le grand Rubens au palais du Louvre, pour reproduire à la mine le tournoiement de l'étoffe sur la cuisse de l'angelot.

Le faire pour lui. Elle aurait à batailler.

Elle soupira. La nuit devenait épaisse. La pluie tombait toujours sur Paris. On l'entendait. La chambre était un espace vague où, quelque part, veillaient les cartes dans leur papier froissé. En bas, le grand homme sec avait dû arrêter son chant, car on n'entendait plus qu'un piétinement monter de la boutique. Elle alluma son bougeoir de chevet, posa à nouveau le regard sur la petite toile. Le gilet vert était en équilibre instable sur la chaise. Elle n'avait pas recherché cet effet. Elle tenta de réfléchir, voulut se rappeler ce qu'il disait là-dessus, l'équilibre, le déséquilibre, ce qu'elle avait entendu de lui, mais, brisée de fatigue, elle laissa choir la toile.

Elle dormait.

Seyssins. Paris. Megève.

REMERCIEMENTS

Un livre ne s'écrit pas seul. Ma reconnaissance va à ceux qui m'ont accompagnée longtemps dans ma fascination envers Eugène Delacroix, à la clarté, à la chaleur de leurs avis. Merci à Karim Azouaou, à Patricia Bleu, à Stéphanie Bonvicini, à Marilyn Courteaud, à Roger Grenier, à Annie Lefèvre, à Annick Pons, à Annie Prost, à Hubert Tourneur. Merci à Léon Cellier qui, dans ma prime jeunesse, m'avait initiée à la peinture de Delacroix. À l'heure où j'achève cette histoire, leurs voix, leurs regards à tous, me sont infiniment présents.

Et puisque l'Invisible n'est jamais loin, salutations au hasard qui m'a fait trouver un jour, quai Malaquais, une petite réplique d'atelier de *L'Homme au gilet vert*.

PAPIER À BASE DE
FIBRES CERTIFIÉES

Fayard s'engage pour
l'environnement en réduisant
l'empreinte carbone de ses livres.
Celle de cet exemplaire est de :
1,100 kg éq. CO_2
Rendez-vous sur
www.fayard-durable.fr

Photocomposition Nord Compo
Villeneuve-d'Ascq

CET OUVRAGE
A ÉTÉ ACHEVÉ D'IMPRIMER
SUR ROTO-PAGE
PAR L'IMPRIMERIE FLOCH
À MAYENNE EN NOVEMBRE 2012.

Dépôt légal : novembre 2012.
N° d'impression : 83550.
36-33-3492-0/01
Imprimé en France